KB138998

어머니의 죽음

독살이냐?
자연사냐?

어머니의 죽음
독살이냐? 자연사냐?

2014년 11월 30일 초판 발행

지은이 | 장 희
　　　　010-6605-0428, paparuna999@gmail.com
펴낸이 | 이종헌
표지디자인 | 김태중
북디자인 | 애드가
인쇄처 | 호성 P&P
펴낸곳 | 가산출판사
주 소 | 서울시 서대문구 경기대로 76
　　　　TEL (02) 3272-5530~1
　　　　FAX (02) 3272-5532
E-mail | tree620@nate.com
등 록 | 1995년 12월 7일 제10-1238호

ISBN 978-89-6707-006-9 03810

* 값은 뒤표지에 있습니다.

장희 글

어머니의죽음
독살이냐?
자연사냐?

GASAN BOOKS

이 글은 어머니와 현재 한국사회에 대한
미완(未完)의 보고서라 여기소서.

대한민국 에서 힘없는 민초(民草)는
이상하게 죽어도 자연사로 간주되나?

어머니가
3주 동안 식도가 아파 밥을 못 먹고,
7일 동안 검은 진물을 토하고,
마지막 날에는 목에서 피를 토하고 죽었다고요.

5년 만에 어머니 묘를 팠더니 거기 목 주변의 척추 뼈만
새까만 거예요.

어머니 의 죽음은 한 노모가 아니라
많은 노모의 의문사이다.
의문사를 덮으려는 것은
한 인간의 억울한 죽음을 외면하는 것이 아니라
도처에 사회적 양심이
부재(不在)함을 뜻한다.

어무이

지켜주지 못해 미안합니다.
당신은 온실에서 자란 것처럼 마음이
순수하고 아름답습니다.

어무이, 목 놓아 불러봅니다.
부르고 또 불러 목이 터지도록 불러봅니다.

왜 당신이 당한 것을 말없이 가슴에 안고
떠나셨습니까?
어무이, 지켜주지 못해 정말 정말 미안합니다.
이 딸이 죄인입니다.

격동기에 사남매 애지중지 키웠으나
죽음으로 밀어 넣은 사연 누가 만들었습니까?
하늘이 알고 땅이 알겠죠.

어무이 사랑합니다.
어무이 곁으로 갈 때 부끄럽지 않은 딸로
가겠습니다.....

– 어머니에게 부치는 어느 작가의 변(辯)

차례

1
의문사

∙
∙

변사에 이르기까지

3주 만의 죽음

며칠째 어머니는 먹으면 토해냈다. 급기야 아무 것도 먹지 않고 물만 넘겨도 검갈색의 액체를 올리더니 이제 아예 물조차 목구멍으로 넘어가지 않는다. 숟가락으로 떠넘기면 목구멍을 넘기지 못하고 바로 되돌아 나왔다.

병원에서 암이 복막으로 전이되었다고 하고 또 난소에 암이 있다고 한 것이 넉 달 전이었다. 그 암이 악화되어 어머니가 죽어가는구나 .....

죽기 한 열흘 전부터 병원 가정간호과 간호사를 불러서 링거 주사를 놓게 했다. 2주 전부터 약간씩 부기가 있던 다리가 이제는 무서울 정도로 부어 올랐다. 옆으로 누우면 위쪽 다리는 부기가 빠지고 아래쪽으로 놓인 다리에 부기가 고여 퉁퉁 부어오르는 것이다. 부은 다리는 부기가 빠져 바짝 마른 다리의 너덧 배나 굵어졌다. 부어오른 다리에 베개를 받혀서 높이 들어 올리면 발에 부기가 조금씩 빠지곤 했다.

그렇게 사나흘을 보낸 어머니가 호흡곤란으로 너무 갑갑해하시면서 열이 올라 얼음찜질을 계속해달라고 한다. 연신 얼음을 가져오라고 ..... 그때 이미 열흘 이상을 굶기만 했으니 힘이 될 만한 것이라고는 묽은 링거액 서너 대 맞은 것 밖에 없었다.

며칠간 태풍기가 있어 서늘한 바람이 많이 불었다. 성한 우리도 맞고 있으면 오싹한 바람이었으나, 어머니께서는 갑자기 너무 답답해하면서 그 바람을 온몸으로 맞도록 계속 창문을 온통 다 열어놓으라고 했다. 허파에서 바람이 새는 것 같다고 했다. 그런 가운데 한 밤에 죽었다.

마지막 날 금요일 낮에는 하루 종일 선지피를 울컥울컥 토해냈다. 손가락 끝과 발가락 끝에 검은 혈흔이 나타났는데, 그 전부터 조금씩 나타났으나 마지막 죽던 날에는 소름끼칠 정도로 짙어졌다. 손가락 발가락 끝만 아니고 손바닥, 발바닥 넓은 부위로 혈흔이 퍼졌다. 죽던 날 낮에 링거를 놓으러온 간호사는 엄마가 피를 토하고 또 검은 혈흔이 짙어진 것을 보고는 혈관이 수축되는 것이라 하면서 영안실을 미리 알아보는 것이 좋겠다고 한다.

2009년 8월 8일 토요일 새벽 2시경, 119를 불러서 숨이 끊어진 어머니를 병원으로 옮겼다. 병원에 닿자 시신을 처음 수습하던 사람이 입가에 묻어 말라있는 피를 닦아냈다.

넉 달 전 병원에서 난소암 판정을 받은 어머니는 7월 중순경에 급작스레 몸이 악화되자 고치지 못할 병 때문이라고 생각했다. 낫지도 못할 병으로 괜히 목숨 연장하는 것이 자식들을 힘들게 하고 스스로를 더 고통스럽게 하는 것이라 여기게 된 것이다.

옆에 있던 나와 내 여동생이 병원을 가보는 것이 좋겠다고 어머니에게 말했다. 그러면 어머니는

"아이구, 병원 간다고 이 병이 낫겠느냐! 낫는다면 가지, 괜히 사람 고생만 더 한다. 병원 갈 돈 있으면 자선사업을 해라."

하고 한사코 사양했다.

어머니가 악화되자 병원에서도 말기암 환자로 생각하고 더 이상의 진료를 포기했다. 갑자기 복수(腹水)가 차올라 처음으로 복수 치료를 하게 된 것이 사망하기 약 25일 전이었다. 이때 복수를 빼기 위해 병원에 입원을 했는데, 그때 어머니의 한 쪽 발

이 부어올랐다. 부기의 원인을 조사해달라고 했으나 의료진은 일언지하에 거절했다.

"말기암 환자는 그런 조사 하지 않습니다."

나중에 알고보니, 말기암 환자는 치료를 하지 않고 그냥 고통을 줄이는 방법을 쓰는 것이 정석이라고 한다.

당시 어머니는 암 때문에 고통을 당하는 상황이 아니었고, 신체 어느 곳에도 고통이랄 것이 없었다. 그런데도 말기 암 환자로 분류되어버린 어머니는 더 이상 진료를 받지 못하고 병원에서도 그냥 가만히 죽기만 기다리는 처지가 되었다.

더구나 병원에서 단기 입원환자를 꺼리는 줄 알게 된 어머니는 더욱 병원을 사양하게 되었다. 나와 내 여동생도 욕심 없고 담백한 어머니의 그 뜻을 일면 존중했다. 그때만 해도 불치의 암, 그 암 때문에 죽어가는 것이라고 생각했으므로 ……

그 7월에 복수 치료를 위해 두 번 병원을 방문했는데, 그때마다 칼륨 수치가 높게 나왔으므로 병원 측에서는 칼륨 수치를 낮추는 약물을 주입했다. 그리고 칼륨 수치가 높으니 바나나 같은 것을 먹지 말라고 주의를 주었다. 당시 어머니는 바나나 같은 것은 먹지도 않았다. 죽기 전 한 달 동안 영문도 모르게 칼륨 수치가 높아졌던 것이다.

1년 전의 급성 뇌경색

어머니는 사망하기 1년 전인 2008년 추석날 새벽 뇌경색으로 왼쪽 반신이 마비되었다. 추석 전날 서울에서 남동생 식구들이 오고 나도 직장이 있는 부산에서 대구로 올라왔을 때 일어난 일이었다.

오빠네 집이 18평 아파트라 너무 좁아서 같은 동네 다른 집에 방을 하나 얻어 책을 넣어둔 곳이 있었다. 추석 전날 부산에서 늦게 대구로 왔다가 그 방에서 자고는 추석날 아침 늦게 일어나서 오빠네 집으로 들어갔다. 제사는 이미 지냈고 식구들이 오빠 내외가 기거하는 방에 둘러앉아 아침밥을 먹고 있었는데, 언제나 앉아있는 자리에 어머니가 보이지 않았다.

"엄마는?"

내가 물었더니 오빠의 아내 수인이 손가락을 입에 갖다 댔다.

"쉿!"

그래서 내가 다시 물었다.

"엄마는 어디 있어요?"
"엄마가 아파서 좀 누워있다."
"아니, 엄마가 어디가 아픈데요?"

그러자 수인이 어머니 방 입구를 막아선 채로 손가락으로 어머니가 있는 등 뒤 방을 가리키며 말했다.

"엄마가 밤에 화장실 가다가 쓰러져 좀 누워있다. 고모 밥 무라[먹어라]!"

그녀는 모두 모여앉아 밥을 먹고 있는 오빠 방을 손가락으로 가리켰다. 이해가 안 되는 상황이었다. 내가 어머니가 있는 방으로 들어가자 어머니가 침대에 누워있었다.

"엄마, 어디가 아파요?"
"음, 밤중에 화장실을 가려고 하는데, 쿡 쓰러졌다."
"엄마, 한 번 일어나 앉아보세요."

그랬더니 어머니가 일어나 앉으려고 하다가 곧바로 앉지를 못하고 정말로 한 쪽으로 픽 쓰러지는 것이었다. 그때 번개같이 내 머리에서 스쳐지나가는 것이 있었다.

"아! 뇌, 뇌에 문제가 있는 것이구나."

그때 옆방에서 밥 먹던 식구들이 건너왔다. 남동생의 아내가 한약방 하는 친구에게 전화를 해보겠다고 했고, 상황을 전해들은 그 친구가 대번에 재촉을 했다.

"지체 말고 병원으로 모셔가라."

그렇게 119에 신고를 하고 추석날 아침 동리 사람들이 놀라 집에서 뛰쳐나와 구경을 하는 가운데, 어머니를 태우고 병원으로 달려갔다.

뇌 사진을 찍었더니 거기 하얗게 된 조그만 부분에 경색이 온 것이라고 했다. 어머니에게 다리를 올려보라고 했더니 한 쪽 다리만 올라가고 다른 쪽 다리는 축 쳐졌다. 한 쪽 뇌에 급성 경색이 온 것이었다.

어머니는 그 날로 병원에 입원했는데 다행히 하루 만에 뇌경색으로 인한 마비가 풀렸다. 하루가 지난 그 이튿날 아침 일찍 담당의사가 회진 와서 손수건을 잡아보라고 했다. 어머니는 그 손수건을 두 손으로 꽉 잡고 놓지 않았다. 손에 실린 힘만큼이나 빨리 낫고 싶은 마음이 간절했던 것이다.

실로 경색이 하루 만에 풀렸고 입원한지 일주일 만에 어머니는 퇴원을 했다. 그 후 뇌경색으로 인한 후유증도 없었다.

추석 전 날 어머니의 몸이 갑자기 너무나 편치 않고 오들오들 춥더란다. 식구들이 각지에서 모인다고 조그만 거실에 켜놓은 에어컨도 거슬려서 문을 닫고 있었더란다. 갑자기 온 몸이 형편 없이 헝클어지고 기운이 없어 누워있었단다. 그러더니 새벽에 일어나 화장실을 가려고 하는데 몸이 제대로 말을 듣지 않고 한쪽으로 쿡 쓰러진 것이다. 한밤중이라 집안 식구도 깨우지 않고 겨우 기어서 침대로 왔다는 것이다.

어머니는 평소에 육식을 즐기지 않아서 몸이 가볍고 맑으며 순환기계통의 병이 없었다. 여든이 넘은 나이였으나 하이힐을 신고 다녔고, 등산모임에서 산에 올라가면 맨 먼저 올라간단다. 이웃 농협에서 가요반과 춤반에 다녔고 칠곡 여성회관 우리춤반에도 다녔다. 나도 추지 못하는 라틴 춤 '살사'를 멋지게 췄다. '쓰리야, 포야 [셋, 넷]' 하고 장단을 맞추며 바람같이 가볍게 돌았다.

어머니에게 온 급성뇌경색은 추석 전 날 갑작스러운 신체의 변화에 기인한 것이었다. 그 즈음 어머니의 몸이 마르고 체중이 자꾸만 줄어갔다.

그 뿐 아니었다. 급성뇌경색으로 입원하기 전은 물론 그 후로도 어머니는 계속,

"입맛이 없다."

하고 또,

"국을 먹으면 예전 맛 같지 않고 자꾸 쓰다."

고 했다. 그리고

"밤에 잠이 잘 안 온다. 자꾸만 밤중에 깨고, 11시 넘어서 자도 깨면 한 시, 깨면 두 시, 자꾸만 잠을 설친다, 아침에 일어나도 잠을 잔 것 같지가 않다."

라고 했다. 한 밤에 잠이 깨면 아침까지 잠을 설치며 뒤척인다는 어머니는 그래도 누워있는 것이 일어나는 것보다는 낫다고 했다. 부산에서 일하는 내가 가끔 어머니에게 들를 때마다

그렇게 입맛이 없고 잠을 잘 못 잔다고 하던 것이, 죽기 1년 전인 2008년 봄에서 여름 사이 부터였던 것으로 기억된다.

급성 뇌경색으로 입원했다 퇴원한 지 두어 달이 지난 11월 경, 어머니는 칠곡 여성회관 '우리춤 반'에서 개최하는 연말 송년 발표회에서 홀로 독무를 연출했다. 어려운 '매 춤'이었다. 어머니는 뇌경색을 앓고 난 다음이라 잘할 수 있을 지 걱정을 했는데, 순서 하나 틀리지 않고 잘 추어서 부러움을 샀다. 다른 사람들도 그렇게 하고 싶었단다.

그날 나는 부산에서 근무하느라 가지 못했는데, 며느리 수인이 같이 가서 찍은 사진 한 장이 남아있다.

사망 넉달 전

어머니는 2009년 3, 4월에 걸쳐 '난소암 및 복막전이' 판정을 받았고, 넉 달 후인 8월 8일 사망했다.

그 전해 추석날 급성 뇌경색으로 입원했다 퇴원한지 넉 달 만인 2009년 1월 경 어머니는 아랫배 쪽과 요도, 항문 있는 데가 뻐근한 느낌이 든다고 했다. 좀 더하다가 덜하다가 한다고 했다. 집엣 나이 83세가 되도록 병원 신세를 크게 지지 않았으므로 어머니는 물론 우리 형제들도 괜찮아지겠지 라고만 생각했다. 그런데 3월 들어 어머니가 돌아누우면 배가 출렁하는 느낌이 든다고 해서 얼른 병원을 찾아갔다.

죽기 넉 달 전인 2009년 3월 어머니는 병원에서 CT촬영을 한 결과 '복막전이 소견' 판정을 받았다. 4월 초에는 내시경 검사도 받았는데 다행히 위장, 십이지장, 대장 등 소화 및 흡수 기관에는 아무 문제가 없었다. 그러자 소화기내과에서 어머니를 혈액종양과로 이관시켰다. 혹시 혈액에 암이 있는지를 검사하기 위해서였다.

4월 21일 전신을 상세하게 훑어보는 PET 검사 결과지에는 '난소암 및 복막전이'로 결론이 적혀있다. 그러나 이 병명은 PET/CT 검사가 있기 전 이미 나와 있었던 것이었다.

사실 일주일 전인 4월 15일 혈액종양과에서 CA125 수치를 통해 낸 혈액검사 수치로 '난소암 가능성'을 제기했고 이어서 추가 증거도 없이 하루 만에 병명을 '난소암'으로 확정했던 것이다. 그래서 그전의 '복막전이' 소견과 합하여 '난소암 및 복막전이'로 결론이 나있었다.

그 후 시행한 PET/CT 검사는 전신을 영상으로 상세하게 훑어 보는 검사였는데, 그 판독지의 결론에도 병명은 '난소암 및 복막전이'로 전혀 있다. 그러나 PET/CT 검사의 영상자료에는 난소암을 적시하는 직접적 증거가 없을 뿐아니라 악성종양 자체의 여부조차 불분명하다.

혈액종양과로 소속이 바뀐 어머니는 정밀 검사를 위해 4월 10~16일 일주일간 병원에 입원을 했다. 그러나 일상생활에 지장이 없었으므로 병실을 잡아놓고도 거의 집으로 와서 자고 통원을 했다.

암 판정을 받고 8월 8일 사망할 때까지도 암 때문에 고통스러워한 적이 없었다. 병원을 처음 찾던 봄에는 그저 복부에 몇 초 정도 아리아리한 느낌이 있을 때가 있다고 했으나, 그것도 몇 초간에 사라져 버린다는 것이었고, 그것도 아주 가끔일 뿐 잦은 것이 아니었다.

4월 중순 혈액종양과에서 난소암 진단을 받았으나 어머니는 당장의 항암제 투약을 거부했다. 아직 일상생활에 아무런 지장을 받는 상태가 아니었기 때문이다. 그래서 병원 담당의사와 상의하여 정기 진료를 받도록 하고 악화되면 그때 가서 항암치료제 투여를 고려하자고 합의를 했다. 우선은 위급한 상황이 아니니 자연치유를 해보자고 하고 어머니는 집에 머물렀다.

일단 암 판정을 받은 다음이라 나는 어머니를 편하게 하기 위해 돈을 융통하여, 오빠 내외와 같이 살아왔던 집을 떠나 새 거처로 옮기도록 했다. 오빠 집에서 아양교를 사이에 두고 바로 마주보는 곳 동촌 강나루아파트, 어머니가 친구가 산다고 가고 싶어 하는 그곳으로 옮겨 혼자 편안하게 머물도록 했다. 3월 말 복부 CT 검사에서 '복막전이' 소견으로 진단나자 이튿날로 바로 집을 계약하여 한 달 후인 4월 말 이사를 나왔다.

아파트 고층이라 동서남북으로 대구 시내가 훤히 내다 보였다. 아파트 복도를 지나다니면, 쇠붙이로 거대한 뱀 같은 모양의 구부렁한 조형물을 입구에 높다랗게 설치해놓은 아양교, 그 아래로 금호천이 낙동강으로 합류하려고 굽이를 틀고 있고, 불로동 쪽으로는 확 트인 하늘 저 너머 팔공산도 어렴풋이 내다보였다. 베란다에서도 비스듬히 푸른 동촌 강물이 보이고 강변 푸른 수목이 어우러진 풍경이 그림 같았다.

어머니는 좋아라하며 필요한 가구를 직접 마련하고 다녔고, 칠곡의 여성회관 '우리춤 반'에도 여느 때와 같이 나다녔다.

새집으로 옮긴 후 일주일 만에 배를 만지면 아주 말랑말랑했고 또 손에 집히던 뱃속의 단단한 것들도 줄어들었는지 잡히지를 않아서 어머니와 나는 여간 기뻤던 것이 아니었다.

그때만 해도 며느리 수인은 어머니가 있는 새 집에 자주 오지 않았고 어머니가 직접 음식을 했다. 하도 어머니를 괴롭히던 터라 될 수 있으면 오지 않는 것이 더 좋았던 것이다.

새집에 새 가구를 들일 때 여동생이 어머니를 위해 넓다란 돌침대를 마련해 주었다. 새집에 옮겨온 날부터 어머니는 그 돌침대에서 숙면을 했다. 아침에 일어나면 몸이 너무 개운하다 하고 좋아했다.

　　작은 공간이지만 혼자 자유롭게 있다는 산뜻함. 그래서 동촌강이 내다보이는 베란다에서 거실을 일부러 왔다갔다 하고, 또 베란다에는 이쁜 탁자에 맵씨 있는 의자 두 개를 곁들여놓았다. 손수 시장에 나가 장만한 것이다.

　　평소에 오빠 집에 함께 있을 때, 아마 두 평 반 정도 되는 그 좁은 방안에서 어머니는 작은 냉장고와 텔레비전을 가까이 두고 있었다. 여동생은 거기서 전자파가 나와서 자극을 주므로 어머니가 잠도 잘 안 오고 밥맛도 없는 것이 아닌가 하고 평소에 걱정을 했다. 그런데 이제 그보다 넓은 공간의 방에 냉장고도 없으니 전파도 없고 또 편안한 돌침대에서 자니 숙면을 하시는가 보다 하고 나와 여동생은 여간 좋아한 것이 아니다.

　　어머니는 새 공간에 너무 만족했고 밥맛이 없다는 말도 그 즈음부터는 없어졌다.

　　"내 분수에 이런 복이 숨어있을 줄이야!"

그런데 이사를 한 지 열흘 정도 지난 2009년 5월 4일 어머니는 새 집에 필요한 가구 등을 보러갔다가 돌아오는 길에 시내버스 안에서 넘어져 손목을 부러뜨렸다. 집 가까운 곳 5분 거리 아양교 다리 옆에 있는 모 정형외과에서 어머니는 다친날 깁스를 했고, 그것을 푼 것이 6월 12일, 그 후 물리치료를 하여 완전히 치료를 마친 것이 7월 10일이다. 혼자서 병원을 다녀왔다.

6월 초 깁스를 풀었으나 물리치료를 마치던 7월 10일 경까지도 아직 손목뼈가 완전히 굳지 않아서 손에 힘을 줄 수가 없고 행주도 짤 수가 없었다.

어머니가 손에 깁스를 하고 한 쪽 팔을 쓰지 못하게 되면서부터 며느리 수인의 도움을 받게 되었다. 아양교를 사이에 두고 건너편에 있던 수인이 자주 어머니 집을 들락거리기 시작한 것이 그 즈음이다. 내가 부산에서 일하므로 언제나 어머니 곁에 붙어있을 수는 없기 때문이다.

수인은 척추 뼈 아래 부분 두 개에 디스크가 있어 오래 서있다거나 하면 아프다고 했다. 또 그동안 수십 년을 같이 살아오면서 어머니를 못마땅하게 여기고 있는 줄을 잘 알고 있는 터라, 어머니는 수인에게 말했다.

"힘이 들면 언제든지 말을 해라, 다른 사람을 쓰면 된다."

수인은 괜찮다고 하면서 짐짓 성심을 보였다. 어머니는 지난 날 서운한 감정을 상당부분 잊으시고

"요즈음은 열심히 잘한다. "

고 내게 말하곤 했다.

손목을 다치고 난 다음에도 어머니는 걷는 데는 지장이 없었으므로 여성회관에도 다니고 동촌 강둑으로 산보도 다녔다.

그런데 5월 중순과 6월 초, 그러니까 손목을 다치고 깁스를 풀던 6월 12일을 전후하여 어머니의 병세가 악화되기 시작했다. 복수가 조금씩 더 느는 동시에 말랑해지던 배가 다시 단단해지게 되었다. 다시 밥맛이 없어졌고, 또 다시 밤에 잠이 잘 안 오고 밤중에 잠을 깬다고 하는 것이었다. 그래서 나는 암이 악화되는가보다 하는 생각을 했다.

그래도 어머니는 7월 초, 중순까지만 해도 두발로 걸어 다녔고, 부러진 손목을 제외하고는 일상생활에 지장이 없었다. 나는 광주에 있는 여동생이나 서울에 있는 남동생에게 내려올 필요가 없다고 말했다.

학기가 끝나는 6월말부터 광주와 대구를 왕래하기 시작한 여동생이 암 전문센터로 어머니를 데리고 가서 정밀검진을 받아보자고 했다. 그래서 내가 7월 6일 병원에서 진료기록, 슬라이

드 등 자료를 제공 받아서 그 이튿날 한 암 전문센터로 가게 되었다. 택시 운전을 하는 오빠 차를 타고 오빠와 수인 내외, 어머니와 내가 함께 갔다. 그 날 여동생은 학교에 일이 있어 다시 광주로 가고 없었다.

어머니가 대구의 병원 혈액종양과 소속 환자였으므로 암 전문센터에서도 혈액종양과로 이관되었는데, 그곳 담당의사는 진료 자체를 거부했다.

"모 병원에서 난소암 진단이 났네요. 우리는 그 병원 이상으로 더 잘 진단할 수가 없습니다. 가서 병원 시키는 대로 하세요."

이렇게 정밀진단도 받지 못한 채 5분도 채 못 되어 쫓겨난 우리는 하릴없이 대구로 돌아왔다.

돌아오는 길 차 안에서 어머니는 너무 흡족해하시며 고운 목청으로 좋아하는 유행가 노래를 불렀다. 모처럼 식구들과 함께 여행하는 것이 마냥 즐거웠던 것이다. 그때만 해도 식도가 아파서 밥을 못 먹는 상황은 아니었다.

그런데 그로부터 일주일 만인 7월 14일경 갑자기 복수가 차올랐다. 서너 달 전, 처음에 복수가 조금 있어 병원을 찾기는 했으나 일상생활에 지장이 없었고, 그동안 한 번도 복수를 치료한 적이 없었다.

그 날 나는 광주로 가야하는 여동생과 교대하기 위해 부산에서 대구로 올라갔다. 여동생은 그 전날 이미 광주로 갔고, 그 이튿날인 7월 14일, 내가 대구로 올라가던 날 밤에 오기로 했다.

내가 어머니 집에 들어서자 수인이 혼자 어머니 곁에 있었다. 그런데 어머니 배가 너무나 부풀어 있었다. 깜짝 놀라서 당장 어머니를 보고 병원으로 가자고 해서 모시고 갔다. 혈액종양과 담당의사가 하루 입원을 해서 편하게 복수를 치료하라고 주선을 했고, 어머니는 바로 호스피스 병동에 입원을 하게 되었다.

그때만 해도 어머니는 걸어 다니는 데 불편이 없었고 복수만 탱탱 차올라있었다. 그날 3리터의 복수를 빼낸 어머니 곁에서 내가 밤을 지냈다. 어머니는 그날 저녁과 그 다음 날 아침 병원에서 나오는 음식을 정상으로 먹었다.

그날 밤 병원에서 처음으로 어머니의 한 쪽 발이 부어있는 것을 보았다. 모로 누울 때 아래로 가는 발이 교대로 붓는 것이었다. 엄청 많이 부은 것은 아니고 다른 발보다 약간 더 부은 편이었다. 그래서 호스피스 병동 담당 의사에게 부탁을 했다.

"발이 왜 붓습니까? 원인을 좀 조사해주세요."
그러자 의사가 잘라 대답을 했다.
"말기 암 환자는 그런 조사 안 합니다."

그때 나는 어머니가 암 환자라고 하니 그저 그런가보다 했다.

그날 밤 늦게 광주에서 대구로 온 여동생은 집에서 잠을 자고 이튿날 아침에 병원으로 와서 병원비를 계산했다. 나는 또 부산에 못다 한 일이 있었으므로 여동생에게 어머니를 모시고 집으로 가도록 하고 병원을 떠나 바로 부산으로 내려왔다.

연구소에 근무하던 나는 그때 공동으로 즐간하는 책의 원고를 다 쓰지 못했다. 모두 재교를 보고 있는 판에 나는 아직 초고를 넣지 못했던 것이다. 3, 4월 이후 줄곧 어머니를 보러 부산과 대구를 왔다갔다 하느라 시간에 쫓겼기 때문이다.

그런데 그 날 밤 부산 연구실에서 한창 원고를 작성하고 있는데, 여동생에게서 전화가 왔다. 울고 있었다.

"니는 엄마가 다 죽어 가는데 부산에 가있나? 엉? 엄마가 그 좋아하던 고디[고둥] 국도 한 숟가락 들더니 '맛이 없다' 하고는 물리더라."

하고 큰 소리를 치면서 막 우는 것이었다.

나는 도무지 이해가 가지 않았다. 아침에 병원에서 정상으로 식사하는 것을 보고 부산으로 왔는데, 왜 다 죽어간단 말인가? 나는 미처 다 쓰지 못한 원고를 정리하느라 이틀을 부산에 더 있다가 7월 18일 대구로 올라갔다.

나중에야 깨닫게 된 사실은 바로 그 7월 15일 퇴원한 그날 밤 이후부터 어머니가 갑자기 식도가 아프기 시작해서 밥을 먹지 못하게 되었다는 것이다. 이렇게 7월초까지 멀쩡하게 걸어 다니던 어머니가 식도가 아파서 밥을 못 먹기 시작한 것은 바로 3주를 넘기지 못하고 식도에서 검은 진물과 피를 토하며 죽음을 맞게 되는 서곡이었다.

7월 14~15일 병원에서 복수 치료를 할 때만 해도 정상식을 했는데..... 그 후 내가 부산에서 올라갔을 때, 어머니는 식도를 손가락으로 가리키면서 말했다.

"음식이 내려가면 식도 부분이 쏴하고 쓰린다. 무슨 못 먹을 것을 먹는 것 같다"

또 위장과 위장 옆 십이지장이 있는 곳으로 이어진 가슴 중앙 부분을 가리키며,

"요기가 자꾸 쓰린다. 요기 명치 있는 데가 ....."

라고 했다. 처음에 나는 명치가 어딘지 정확하게 몰랐으므로,

어머니에게 물었다.

"엄마, 명치가 거기에요?"

그러자 어머니는 가슴 조금 아래 부분을 가리켰다.

"그래, 니는 명치도 모르나? 요기 아이가 요기."

7월 20일 서울에 있던 남동생이 내려왔다. 어머니가 경포대를 다녀오고 싶어 했으므로 연락을 하여 온 집안 식구가 다 경포대로 가서 콘도에서 하루 밤을 묵었다.

그때 이미 어머니는 식도가 아파서 음식을 넘기기 힘들어했고 복수도 더 많이 찼다. 음식을 눈꼽만큼 떠서 목구멍으로 넘기는 둥 마는 둥 했다.

오는 길에 강원도 자연휴양림에서 잠시 휴식했는데, 그때만 해도 어머니는 걸어 다녔다. 불과 10일 후에 목에서 검은 진물을 쏟아내기 시작하고 그 후 다시 일주일 만에 피를 쏟으며 의문사할 것이라는 예상은 여전히 하지 못한 채 .....

어머니가 식도가 아파 음식을 못 먹는다고 할 때마다 나는 위장에 암세포가 있는 것도 아닌데 왜 식도가 아프고 또 위장과 명치 있는 데가 왜 아픈가 하는 생각을 하면서도, 그것이 위산 같은 것 때문에 일어나는 일시적인 현상이겠지, 곧 사라지려니 하고는 지나쳤다.

경포대를 다녀온 지 이틀 후인 7월 22일 복수가 너무 많이 차서 다시 병원으로 가서 치료를 했다. 이번에는 2리터를 빼고도 복수가 만만찮게 남아있었다. 병에 표시된 수위를 넘기도록 빼냈으니, 사실은 2리터 넘게 뺀 것이다. 나는 싹 다 빼버리고 싶은 마음이었으나, 병원에서는 한꺼번에 너무 많이 빼도 위험해진다고 했다.

이 날도 어머니는 걸어서 병원을 갔다. 그런데 그 날 늦게 퇴원한 이후 하루 이틀 새 화장실을 가지 못할 정도로 악화되었고, 기저귀를 채우고 급기야 휴대 변기통에다 대변을 받아내게 되었다.

어머니가 갑자기 거동을 하기 어렵게 되자 복수를 뺀 지 이틀째 되는 7월 24일 나 혼자 병원을 찾아갔다. 식도가 아파서 음식을 못 먹고 이제 거동도 하지 못하게 된 사실을 말하고 대책을 물었다. 그러자 담당의사는,

"난소암이 악화가 되는 것이라, 더 이상 어떻게 할 수가 없습니다."

라고 했다. 의사들은 완전히 진료를 포기하고 있었다.

광주에서 교편을 잡고 있는 여동생은 6월말 7월초 이후 학기
가 끝나갈 무렵부터 광주와 대구를 오가며 어머니 곁에 며칠간
씩 머물렀다. 이때도 광주에서 근무하는 학교를 계속 비울 수가
없으므로 왔다 갔다 했다. 그녀가 광주로 갈 때는 내가 부산에
서 대구로 올라갔는데 둘이서 오고가는 사이에 공백이 있
으므로 수인이 어머니 곁을 지켰다.

6월말이 되어서야, 그것도 7월 중순까지는 드문드문 대구로
왕래하기 시작한 여동생은 7월 초까지와 그 후 어머니 상황이
어떻게 다른지에 대해 잘 알지 못했다. 그저 7월 중순이후 악화
일로에 있는 어머니를 보게 되었으므로 내가 거짓말을 한 것으
로 오해하고는 악을 쓰며 절규했다.

"니는 엄마가 이렇게 다 죽어가는데 괜찮다고 그랬나? 어-
엉! 이 거짓말쟁이야 – 아 –아 – !"

사망 사흘 전

어머니가 사망하기 이삼일 전인 8월 5일, 그날은 어머니의 6
촌이며 내게 아재 뻘 되는 분이 그의 딸, 그리고 미국에서 일시

들어와 아재를 보러 내려온 그의 손녀와 함께 어머니를 방문하기로 되어 있었다. 그 날 오후 여동생은 잠시 치과에 다니러갔고, 나는 부산에서 대구로 올라가고 있었다. 그날도 병원 간호사가 와서 어머니에게 링거를 놓을 때는 수인이 옆에 있었다.

집으로 들어서니 아재 일행이 와서 어머니랑 이야기를 하고 있었다. 내가 집에 들어서자 곧 바로 수인이 집으로 가봐야겠다고 일어섰다. 그렇게 그녀는 나갔다.

그런데 아재 일행이 돌아가고 난 다음 어머니가 나에게 참 이상한 일이라고 하면서 링거액이 든 비닐 주머니를 찾아보라고 했다. 그 날 간호사가 와서 영양제를 놓고 나갔는데, 나간 지 얼마 안 되어 수인이 주사 바늘을 빼더라고 말했다. 어머니께서는 정말 이것은 아니다 싶어서 수인에게

"그것을 왜 떼느냐?"

하고 물었더니, 그녀는

"예. 어무이, 다 들어갔심다."

라고 대답하더라는 것이다.

어머니는 나를 보고 영양제가 들어있던 빈 봉투를 찾아서 확인을 한번 해보라고 재차 말했다. 내가 쓰레기통을 뒤져보았으나 영양제가 들어있던 빈 비닐봉지 같은 것은 찾을 수가 없었다. 나중에 여동생이 외출했다가 들어왔을 때도 어머니는 같은 말을 여러 번 반복했다.

"봉지를 한 번 찾아봐라, 정말 이것은 아니다."
"내일 간호사가 오면 어느 정도의 시간동안 맞아야 되는 것이었는지 물어 봐야겠어요. 언제쯤 링거 바늘을 뺐는가요?"
"간호사가 나가자마자 정말 얼마 있지 않아 뺐다."
"아재가 들어오기 한참 전에 뺐는가요?"
"그래, 한참 전이다."
"아재 들어오기 30분도 전에 뺐나요?"
"아니, 그보다 더 전에 뺐다."

이튿날 간호사가 왔을 때 내가 물어보았더니, 간호사는 먼저 30분 정도 작은 수액(항오심제: 메스꺼움을 더는 약)을 놓고 그 다음에는 더 큰 링거 식염액을 천천히 들어가도록 달아놓고 갔는데, 약 너덧 시간 정도는 걸리는 것이라고 대답했다.
그 날 오후 간호사가 다녀간 다음 수인이 다시 어머니 집에 왔을 때 내가 물었다.

"왜 링거액을 그렇게 일찍 뗐나요, 잘못 보고 실수를 했어요?"

"잘못 본 것이 아니고 분명히 봤다. 방울방울 잘 들어가는 것을 보았고 분명히 다 들어가는 것을 보고 내가 뗐다."

"아니, 손님이 있을 때는 어머니가 영양제를 맞지 않고 있었는데 바늘을 언제 뺀 거예요?"

내 물음에 수인이 생각할 겨를도 없이 반사적으로 대답했다.

"손님들 들어오기 바로 직전에 뺐다."

그제야 나는 수인이 터무니없는 거짓말을 하고 있음을 깨달았다. 어머니가 하는 말과 완전히 다르기 때문이다.

"어머니가 아재 들어오기 한참 전에 링거액을 뺐다고 하고 또 설사 아재가 들어오기 바로 전에 뺐다고 해도 다 들어갈 시간이 아닌데 ......"

그러나 수인은 주사 바늘을 조기에 뗀 사실을 완강히 부인했다.

"내가 주사바늘에 공기 들어갈까 봐 잘 봤다. 먹지도 못하고 누워있는 것을 보면 불쌍해죽겠는데 그거를 와 띤다 말이고."

그 후 내가 병원에서 가정간호 진료기록을 신청하여 열람한 결과, 그날 간호사가 투약한 시간이 초단위까지 다 기재되어 있었다. 두 번에 걸쳐 링거액을 투여했는데, 작은 양(항오심제)의 1차 투여가 오후 3시 49분, 큰 양의 2차 링거액 투여가 4시 31분이었다.

아재가 그 집에 들어선 시간이 정확하게 5시 반 경으로, 내가 집에 들어서기 약 40분 전이었다. 어머니 말에 따르면, "간호사가 나간 후 정말 얼마 되 되지 않았을 때", 그리고 "아재가 들어오기 30분도 더 전에" 주사바늘을 뺐다고 하니, 수인은 간호사가 나간 지 많아야 15~20분만에 바늘을 뺀 것이 된다.

어머니가 7월 14일에 호스피스 병동에 하루 입원해서 처음 복수를 뺐을 때도 알부민을 맞는데, 4시간 정도 걸린다고 한 것이 8시간도 넘게 걸렸다. 내 기억에 밤 9시도 넘은 늦은 시각에야 끝이 났던 것이다. 그래서 원래 그날 두 개를 맞기로 했던 것을 취소하고 나머지는 그 다음날 맞았다.

8월 6일 영양제를 맞을 때도 내가 옆에 있었는데, 8시간 이상 걸려서 거의 밤 9~10시가 되어서야 다 들어갔다. 그 즈음 어머니의 상태가 7월 14일 경보다 훨씬 더 좋지 못하여 간호사가 양을 더 줄인 상태에서 아주 천천히 들어가도록 조치를 해놓곤 했다.

내가 수인에게 링거 주사 바늘을 일찍 뺀 사실에 대해 물었을 때, 그녀는 전혀 동요함이 없었다. 어떻게 일말의 곤혹스러움도 없이, 어떻게 그다지도 천연덕스럽게 거짓말을 할 수 있을까? 사실 수인에게는 이미 그런 거짓말을 하는 것이 새삼스러운 것이 아니었다.

어머니와 며느리

    어머니를 매장한 지 한 달 만에, 검은 진물을 이레나 토하고 죽은 어머니의 사인이 의심스러우니 밝혀 줄 것, 또 수인이 링거 수액을 일찍 제거한 사실을 조사해달라고 나는 경찰에 고소장을 제출했다.

    그랬더니 경찰에서는 이런 가정사가 고소 사건으로까지 비화된 것이 고부간의 갈등 때문인 것으로 이해했다.

    그런데 사실은 그렇게 단순하지 않다. 어머니와 수인의 경우는 고부간의 갈등이라고 쉬 규정하기 어려운 점이 있는 것이다. 어머니는 동네에서 인자한 시어머니, 하이힐 구두에다 언제나 깔끔한 멋쟁이였고, 수인은 그런대로 효성 있는 며느리로 소문나 있었기 때문이다. 이른바 우리 집은 모범 가정이었다.

실상은 고부간 갈등인데, 어머니는 시달리면서도 말없이 체면을 지켰고, 수인은 동네 사람들 앞에서 위선을 행했다. 갈등보다 더 큰 문제가 사실을 은폐한 위선이었다. 종류는 다르지만 두 사람 다 겉치레 위선을 행한 셈이다.

어머니는 가끔 탄식을 하곤 했다.

"수인이 앞뒤를 바꾸고 터무니없는 거짓말을 한다, 참 기가 막힌다."

거짓말뿐 아니라 우울증이 있고 정신과 약을 복용하곤 하던 며느리 수인의 발작적 행태에 어머니는 무척 곤혹스러워했다. 그런 가운데서도 어머니는 연민의 정을 가지고 수인과 함께 한약방에 가서 약을 지어주곤 했다.

어머니는 며느리 수인에 대해서는 물론이고 다른 사람에 대해서도 폄하의 말을 거의 하지 않았다. 며느리에 대한 이야기는 동네 뿐 아니라 서울에 있는 작은 아들 내외 등 다른 집안 식구에게도 하지 않았다. 그것은 공연한 말을 내어 잡음이 생겨 자신이 더욱 곤혹스러운 위치에 서게 될까봐 염려가 되기 때문이라고 했다.

그래도 마음이 괴로울 때는 터놓고 말할 수 있는 큰 딸인 나와 친구 한두 명에게 곤혹스러운 심정을 가끔씩 내비치곤 했다.

막내인 여동생은 수인보다 다섯 살 아래였는데 학교 교사로 있으면서 교회를 열심히 다닐 뿐, 세정에 어두웠고 사람의 복잡한 속내를 잘 알지 못했다. 그저 기독교 사랑의 진리를 실천하고 뭐든 용서해야 한다고 생각했다. 또 수인은 나이가 한 살 많은 나보다 손아래인 내 여동생을 더 살갑게 대했다. 이런 판이라, 어머니가 딸이라고 딱한 사정을 이야기할라치면 여동생은 오히려 수인과 사이좋게 지내지 못한다고 어머니에게 '호통'을 치는 통에 이야기의 상대가 되지 못했다.

암 판정을 받고 아양교 다리 너머로 집을 옮기기 전까지 어머니가 내 오빠 내외와 함께 그 해 4월까지 거주해왔던 곳은 조그만 연립주택으로 가난한 서민들이 사는 곳이었다. 말이 18평이라고는 하나 비좁기 짝이 없는 곳이며, 집 문만 나서면 곧 서로 얼굴이 빤한 이웃들이 옹기종기 모여 사는 2층짜리 연립주택이므로 좋은 소문이건 나쁜 소문이건 순식간에 퍼지게 되어 있었다. 그런 곳에 80년대 초부터 약 30년 가까운 세월을 살면서 어머니는 동네 이웃에게 며느리 흉을 본 일이 없다.

흉을 보지 않은 것은 며느리가 딱히 효성이 지극하고 잘하기 때문에 그런 것이 아니었다. 어머니는 외지에서 근무하던 내가 갈 때면 기가 막힌다는 말을 하곤 했는데 두 손자가 훌쩍 자라 성년의 나이를 넘긴 2000년대 이후에 들어와서 더 잦아졌다.

어머니가 참으로 이해할 수 없었던 것은 수인의 이중적인 행위였다. 집안에 아무도 없을 때면 그렇게 못되게 굴면서, 집 문을 나서서 다른 사람을 만나기만 하면 어머니 식사 걱정을 하는 척 한다는 것이었다.

"아이고, 밥맛도 없다 카미[하면서] 노인네가 저녁이 다 됐는데 어디가고 아직 안 오노?"

그런 수인을 보고 어머니는 이렇게 말하곤 했다.

"저게 나를 환자 취급한다."

또 남편이 들어오면 단번에 태도가 반대로 바뀌어 어머니에게 공손한 척 하는 수인을 보면서 어머니는 탄식을 하곤 했다.

"어떻게 사람의 탈을 쓰고 저럴 수가 있나!"

죽기 전 1~2년간은 어머니가 집을 드나들다가 현관 문간에서 수인과 마주쳐 그 얼굴을 보면 가슴이 철렁하고 떨어질 때가 있다고 했다.

"문을 나서다가 맞닥뜨리기라도 하면 섬뜩하게 살기를 느낀다. 한 집안 식구로 살면서 어쩌면 이런 느낌이 들 수가 있느냐!"

또 가끔씩,

"저게 나 죽기만 기다린다."

고도 했다. 그런 가운데 수인은 시어머니를 모시고 있어서 고생하는 티를 동네 사람들에게 많이 냈다. 이런 수인을 보고 어머니는 말했다.

"내가 이 고생 하는 것을 차라리 동네 사람들이 모르는 것이 낫다. 이런 것을 알면 내가 너무 비참해지기 때문이다."

수인은 정작 바깥으로 나돌아 다니는 것을 좋아하고 집안에 차분히 붙어 앉아있는 성격이 아니었다. 점심때나 저녁때나 시어머니가 있다고 밥상을 차려주기 위해 신경을 쓰는 일은 없다고 해도 과언이 아니었다. 어머니는 아예 그런 것을 바라지도 않고 말없이 손수 해먹었고, 오히려 손자들 걱정을 했다. 손자의 어머니로서 수인이 병 없이 있어주기만 하면 족하다고 여겼다.

어머니는 세심하고 기가 보드라운 품성이었다. 나는 어머니가 마음을 너무 많이 상해하시는 것을 알고 있었으므로, 그만 이 집을 나가서 따로 살자고 권한 적이 있다. 그러나 어머니는 자기라도 집에 붙어있어야 된다고 했다. 며느리가 우울증이 있어 정서가 불안정하고 집에 붙어있지 않고 밖으로 나돌아 다니기만 하므로, 아들과 두 손자에게 자기가 있어야만 한다고 생각한 것이다.

며느리 수인이 밖으로 나돌고 집에 없을 때가 많으므로 오빠가 일을 나갈 때 먹는 아침 식사를 제외하고는 끼니때가 되면 손수 밥을 해서 먹곤 했다.

식탁이 좁아 온 식구들이 한 자리에 앉아 먹을 수가 없었던 탓에 다른 식구들이 있을 때면 어머니는 꼭 따로 조그만 채반에 담아 와서 방에서 혼자 먹었다. 오빠가 집에 있는 아침에는 수인이 어머니의 아침 식사를 채반에 담아 와서 들여다 주곤 했다.

평소에 어머니는 조그마한 방안에 냉장고와 밥솥을 따로 마련해 놓았다. 한 집에서 먹을 반찬을 따로 챙기고 또 밥솥에 밥도 따로 하곤 했다.

18평 비좁은 아파트에 코딱지 만하게 주방이라고 있는 것을 마음 놓고 쓸 수가 없었던 것이다. 어머니가 주방에서 음식이라고 만들어먹은 날이면 어디에서 표시가 나는지, 밤에 수인이 돌아와서는 우당탕쿵탕 그릇 씻는 소리를 마구 내서 가슴이 툭 떨어진다고 했다.

어머니는 두 아들에게도 속내를 말한 적이 없다. 서울에서 가끔씩 내려오던 남동생은 어머니 방에 왜 밥솥이 따로 있는지 이유를 알지 못하고 그냥 그러려니 했다. 그가 그것을 알게 된 것은 어머니가 죽고 난 다음이었고 내가 그간 사정을 말해주었다.

유학을 떠나기 전에 내가 그들과 함께 살 때, 수인은 친정이 있는 부산으로 가거나 다른 곳으로 멀리 갈 때도 어머니에게 허락을 얻는 것은 고사하고 아예 보고조차 하지 않고 말없이 떠났다. 남편에게만 말을 하는 것이다. 어머니는 수인이 떠나고 난 다음에야 아들을 통해 그 거취를 알게 되었다. 그런 것이 이상할 것도 없을 정도로 습관화되어 있었다. 아들도 그 아내 수인을 감당하지 못하여 내버려두었고, 나도 그에 대해 입을 다물었다. 그런 것을 간섭하여 고치고 할 형편이 아니었다. 고치려고 한다고 되는 일이 아닌 것이 그런 류의 사안이 한두 가지가 아니었기 때문이다.

그 집은 난방 조절장치가 어머니 방이나 좁은 거실에 있지 않고 오빠와 수인 내외가 거처하는 방에 있었다. 겨울철 수인이 출타할 때면 어머니가 방에 있는데도 집안의 난방을 딱 끄고 나갔다. 어머니는 성격이 깔끔해서 그런 상황에 다시 가서 난방을 켜거나 하지 않고, 추운 겨울을 전기요와 전기난로를 가지고 살았다. 전기난로도 수인이 전기세 올라간다고 눈치를 주므로 웬만하면 사용하지 않으려 했다. 그런데 수인은 혼인하여 나가 사는 자신의 아들 내외가 온다고 하는 날에는 거실을 포함하여 온 집안을 난방을 하여 훈훈하게 만들었다.

어머니가 전기난로를 써서 전기세 올라간다고 수인이 불평할 때에, 나는 수인의 맏아들을 위해 1억 이상의 유학비를 대고 있었다. 2년 반 동안 영국 캠브리지 대학과 오스트레일리아 시드니 대학에서 어학 연수하는 비용이었다.

한 번은 수인이 어머니가 전기난로를 막 쓴다고 내게 불평을 했다. 그래서 내가,

"아니, 당신 아들에게 내가 학비 빼고도 매달 하숙비만 250만 원 넘게 보내는데 그거 어머니 쓰는 전기세 가지고 그럽니까?"

했더니 수인이 하는 말.

"나는 모리겠다. 돈 보내마[보내면] 지 좋지 내 좋나!"

내가 수인에게 연료비를 따로 줄 것이니 집안을 따뜻하게 하라고 부탁했으나, 이런 경우 수인에게는 돈이 문제가 아니었다.

당시 대학 시간강사로 있던 내가 없는 돈에 빚을 내어서까지 이런 비용을 댄 것은 공명심이나 허영에서가 아니다. 아토피 때문에 긁어서 상처가 난 온몸이 거북이 껍데기 같은데다가, 다시 긁고 긁어 손톱자국이 나고 피가 난 채로, 하루 종일 방안에 앉아 몸만 벅벅 긁고 있는 서른 살 다 된 큰 조카가 못내 안타까웠기 때문이다. 당시 조카는 영국으로 건너간 지 두어 달 만에 아토피 증세가 아주 호전되었다.

수인은 어머니에게 불만이 있어서 한 번은 이렇게 말했다.

"아들은 운전한다고 고생하고 댕기는데, 지는 고급화장품 바르고 다닌다."

그래서 내가,

"아니, 무슨 말이예요? 내가 지금 당신 아들 위해 학비다 하숙비다 한 달에 돈을 기백 만원도 더 쓰는데, 어머니 화장품 그거 얼마 한다고 ……"

했더니 아무 말이 없었다. 수인이 내게까지 그런 불편한 속내를 드러내는 것을 보면 그런 서운함이 마음을 메우고 있었던 것이다.

어머니는 얼굴에 까막딱지가 있었다. 한 번은 내가 어머니에게 아모레 설화수 화장품을 한 번 써보면 어떻겠느냐고 했다.

"까막딱지가 옅어지고 얼굴이 이뻐지면 거울 볼 때마다 기분이 좋아지고 그러면 건강이 더 좋아질 것이니. 보약 먹는 것보다 그게 더 싸게 먹힐 거 아니예요?"

그때부터 어머니는 교수로 있는 둘째 딸에게서 받는 용돈이랑, 또 시간강사로 있었으나 조금씩 내가 드리는 용돈으로 화장품을 사서 바르기 시작했다.
그리고 한 2년이 지나자 정말 코 위에 커다란 반점이 옅어지더니 거짓말 같이 자취를 감추었다. 거울을 보면 언제나 떡하니 자리한 반점이 보기 거북했던 어머니는 너무 신기해했다.

"반점이 옅어지더니 거의 다 없어졌다. 화장품이 진짜 좋네."

여성회관 '우리춤 반'을 다니던 어머니는 한층 더 신이 났다. 거기는 젊은 사람들이 많은데도, 몸이 가벼웠던 어머니가 앞에서 시연을 한다고 했다.

"다 나보다 더 젊은 사람들인데도 나보다 더 동작이 느리다. 선생님이 나를 보고 앞에서 시연을 하라고 해서 하는데, 질투하는 사람도 있데이."

더구나 어머니는 화장품 값이 사실은 많이 드는 것도 아니라고 했다.

"하나 사면 견본을 많이 주거등[주거든]. 거기다 아껴 바르니 사실 돈이 많이 드는 것도 아니야."

이런 어머니가 수인은 못내 못마땅했던 것이다. 아들은 운전을 하고 다니는데 어머니는 고급 화장품 바르고 다닌다?

어머니가 쓰는 화장품 값을 수인이나 그 남편이 지불하는 것도 아닌데.....

아들 운전한다고 팔순 넘은 어머니가 같이 용을 쓰고 있어야 하나?

어머니는 며느리 수인이 모자 사이를 이간질시킨다고 자주 말했다. 정도가 지나친 수인의 행위에 대해서 분노하여 싸우거나 응대하는 일도 없었다. 그저 부부간에 큰소리 나지 않는 것만 다행이라 여기면서 모든 것을 참고 인내했다. 자신의 아들이 못나서 부족한 며느리 본 것을 누구를 탓하겠느냐고 했다.

나는 어머니의 소박함이 건강을 지켜주는 것이라 생각을 했고, 수인이 어머니에게 주는 정신적인 학대도 현명하게 참아내고 있구나 싶어 대견스러웠다.

그러던 수인이 어머니가 새집으로 옮긴 다음 열흘 쯤 지나 손목을 부러뜨리자 그 집에 들락거리며 수고를 했다. 어머니는 고마워했다. 나도 어머니가 집을 따로 마련하여 나와서 있으니 수인의 마음이 더 홀가분한가보다 짐작하고 선의로 받아들였다.

그런데 그것이 오산이었다. 수인은 행동하고 말하는 것 자체가 상습적으로 정확하거나 정직하지 못한 점이 있다는 사실을 익히 알면서도 나는 그 점을 자꾸 망각하곤 했다.

내가 유학을 갔다가 다녀올 무렵의 일이다. 그리스로 떠나기 전까지 나는 대구 시내 고등학교에서 약 7년간 정규 교사로 근무했다. 그러다가 그리스 정부에서 4년 동안 주는 장학금을 받게 되어, 사표를 내고는 그리스로 유학을 했고 박사학위를 마칠 때까지 약 4년 반을 그곳에 머물렀다.

1987년 사표를 낸 지 닷새 만에 그리스로 떠나는데, 퇴직연금이 아직 지급되지 않았다. 그래서 내가 수인을 보고 연금을 대신 탈 수 있는 도장과 함께 통장을 주면서, 연금이 나오면 그 통장에 넣어놓고, 내가 필요하다고 하면 돈이나 물건을 좀 부쳐달라고 부탁을 했다.

그런 부탁을 어머니에게 하지 않고 수인에게 한 이유는 아주 단순한 것이었다. 성향이 고급스러웠던 어머니는 물건을 살 때 질이 좋은 물건들을 골랐으므로, 돈이 조금씩이라도 더 쓰일 것 같은 생각에 절약하기 위해서였다. 그때만 해도 나는 학교에서 공부하고, 또 교사로 근무하면서 바깥세상을 몰랐고 사람도 천차만별이라는 것을 정말 몰랐다. 사람들이 다 그만그만한 줄로만 알았다.

그리스에 있으면서 두세 번 인삼차나 인삼 뿌리 같은 것을 사달라고 부탁을 하여 우편으로 받았다. 마지막 한두 번은 부탁을 해도 오지를 않았고 내 기억에 근 6~7개월 아니면 근 1년이 다 되도록 부탁한 물건이 오지를 않아 여러 번 전화를 내곤 한 적도 있었다.

5년을 다 채우기 전에 박사학위를 따고 1991년 가을 집으로 돌아왔을 때 수인에게 통장과 도장을 돌려달라고 했다. 그런데 수인은 돌려주지 않았다. 다만 돈이 90만원 남았는데 그 돈은 여동생이 가져갔다고 하는 것이었다.

　나는 그때 수급한 퇴직연금 액수가 얼마인지 아직도 모른다. 그러나 90만원만 남았을 리가 없다는 생각을 하면서도, 궁한 참에 우선 그 돈이라도 받아야했다. 그래서 바로 옆방에 있는 여동생에게 가서 가져간 내 돈을 돌려달라고 했다. 그랬더니 여동생이 그런 돈 가져간 적이 없다는 것이었다.

"니 돈 가져간 적 없는데……"

나는 다시 옆방에 있는 수인에게로 와서 말했다.

"걔가 가져간 적이 없다는데……"

그러자 수인이 막무가내 우기면서 말했다.

"분명히 가져갔다."

내가 뭘 잘못 들었나? 해서 다시 옆방에 있는 내동생에게 갔다.

"니가 가져갔다매?"
"니 돈을 내가 왜 가져가노?"

기가 막히는 노릇이었다.

그때 우리는 모두 조그만 집에 함께 살았으므로 멀리 갈 필요도 없었다. 바로 옆방에 있는데..... 여동생이 고등학교 교사로 있었으므로 돈이 궁해서 가져갈 리도 만무한 터였다.

그 때 나는,

"아, 수인이 돈을 돌려줄 마음이 없는 것이로구나....."

라고 속으로만 생각하고 그대로 접었다.

"아! 이런 일도 있구나..... 그 돈으로 사람 속을 알게 되었으니 그만 됐다."

같이 살면서도 사람의 속을 알기란 어려운 것인데, 참 좋은 경험을 했으니 앞으로 조심하면 되겠거니 여겼다. 그 돈을 가지고 다투면 아직 어린 두 조카가 한 집에서 보고 있으니 수인은 물론 나도 체면이 말이 아닐 것이라, 아예 입을 다문 것이다. 그 후 어머니 외에 다른 사람에게는 말을 하지 않고 입을 다무니, 그런 일이 있는 줄을 수인의 남편인 내 오빠조차 까맣게 몰랐다. 그 뿐아니라 한 집에 살면서도 수인이 다른 집안 식구에게 하는 행위를 오빠는 여러 가지로 몰랐다.

나는 내 통장을 그 뒤로 영영 본 적이 없고, 훗날 도장만 보았을 뿐이다. 어머니, 나, 여동생이 함께 기거하던 방에 있는 나지막한 앉은뱅이책상 서랍 속에 도장만 떼굴떼굴 굴러다니고 있었다.

그 후 내가 수인에게 내 연금을 타면 예금해놓으라고 부탁한 한일은행에 가서 거래상황을 확인한 결과 퇴직금이고 뭐고 한 푼도 예치한 것이 없었다. 그때 연금을 타려면 내 도장이 필요한 것만 알았지, 그 연금이 어디로 어떻게 나왔는지 지금도 나는 알지 못한다.

그 후에도 한 번은,

"내 돈을 어떻게 했어요? 내 통장에 넣어놓으라고 했는데 왜 그러지 않았지요?"

하고 따져 물었더니 수인은 도리어 나를 윽박질렀다.

"나도 모르겠다. 셈이 정확한 사람도 있고 아닌 사람도 있지."

어머니가 죽은 지 2주일 만에 그 죽음이 석연치 않음을 깨닫고 그 원인을 밝혀야 되겠다고 결심할 즈음 다시 수인을 만났다. 그 집 옆에 내 책을 넣어두려고 세 낸 방에서였다. 그 곳에 그녀의 맏아들이 기거했는데, 뭘 정리를 한다고 수인이 거기 와 있었다.

그 때 다시 내 연금의 거취를 물었더니, 또 말을 바꾸면서 이 번에는 그녀의 남편인 내 오빠 핑계를 댔다.

"그 때 내 연금, 그거 어쨌어요? 올케가 여동생 줬다고 했는 데, 걔는 안 받았다고 하대?"

"작은고모한테 내가 와 주노? 모리겠다, 큰고모."

"모리는 것이 아니고, 그 때 나한테 한 푼도 안 돌려준 거는 맞지요?"

"그래, 안 돌려줬지."

"그래, 그거 어쨌는데요?"

"그거 오빠 줬다."

"오빠를 줬다고? 아니, 지금까지 그런 이야기는 한 번도 한 적 이 없었잖아요..... 아니, 그 때는 여동생에게 줬다고 해놓고는 ..... 그래, 오빠를 줬으면, 그러면 오빠가 그 돈을 어쨌는데요?"

"오빠가 그거 보험회사 넣어놓았다."

"보험회사요? 아니 그러면 그 보험회사에 기록이 다 남아있 겠네요?"

그러자 수인이 입을 다물었다.

어머니 죽은 지 5년 동안 나는 수인이나 오빠와는 담을 쌓고 있었고 전화통화도 없었다. 올해 2014년 봄, 5년이 지나도록 의문사를 밝힐 수 있는 부검을 하지 못하고 있어 그 문제를 의논하기 위해 오빠에게 5년 만에 전화를 했을 때다.

이런저런 이야기를 하면서 그간 통 이야기를 하지 않아서 오빠가 알지 못하고 있던 수인의 행위에 대해 두어 가지 말을 했다. 내 연금 갈취한 거랑, 또 어머니 죽기 사흘 전에 링거액이 다 들어가지도 전에 주사바늘을 빼버린 것 등이었다. 그런 것도 잘 모르고 있던 오빠가 나를 보고 하는 말이,

"니 그런 거짓말 하지마라. 말도 되는 말을 해라. 천벌 받는데이. 그런 말 막 꾸며낼끼가?"

했다. 자기 아내가 자기 어머니에게 들어가는 링거액을 못 들어가도록 막 빼버리는데도 말해주는 사람이 없어 그 아들 되는 사람이 모르고 있다니! 5년 전 경찰서에서 뭐 그런 비슷한 소리 하는 걸 들은 적이 있다고만 했다

오빠는 아내 수인의 양지쪽 면만 보고 있었던 셈이다.

그래서 내가 말했다.

"오빠, 엄마가 오빠 내외 금슬에 금 갈까 걱정을 해서 아무

말씀 안한 거거든요."

또 다른 일도 있었다. 90년대 후반 수인의 둘째 아들이 고등학교를 마칠 때였다. 나는 유학을 다녀온 다음 수년이 흘렀으나 자리를 잡지 못하고 시간강사를 하면서 힘겹게 살고 있었다.

1991년 가을 귀국한지 얼마 후 나는 어머니와 오빠 내외가 사는 집 가까운 곳에 방을 얻어 비좁은 집에 있던 책도 거기로 옮겨 놓고 기거했다. 내가 귀국한지 2년 후인 1993년, 고등학교에 근무하던 여동생이 뒤이어 그리스로 유학을 떠났고 5년후인 1998년에 귀국했다. 그 후에는 전세를 내어 둘이 같이 한 아파트에서 살았다.

여동생이 유학을 가 있을 즈음 둘째 조카는 공고를 다녔는데 공부에는 크게 취미가 없었다. 오빠 내외는 대학 등록금을 낼 처지도 안 되었고 또 공부를 잘하는 편이 아닌 아들을 딱히 대학에 보내야겠다는 생각도 없었다.

그때 나는 조카가 대학을 한번 구경이라도 하면 안한 것보다 더 나을 것 같았다. 사람이 자기가 안 해본 것에 대해서는 쉬 적대감이 생길 수가 있다고 생각했기 때문이다. 그래서 그때 등록금이 120만원 정도였는데 수인에게 백만 원을 주면서, 꼭 둘째 조카를 대학교에 입학시키도록 부탁을 했다.

"절대로 조카에게는 내가 등록금을 냈다고 말하지 마라, 왜냐하면 고모가 돈을 댄 줄 알면 행여 고모에게 기대는 마음이 생길 수도 있으니까 ……"

그때 수인은 그 돈을 자기 통장이 아니라 자기 친구 계좌로 입금하라고 했던 기억이 난다. 왜 그랬는지?

그런데 그 후 수년이 흐른 다음 언젠가 오빠가 무슨 말 끝에 말했다.

"글마 그거, 등록금 대느라고 애먹었다. 공부도 못 하는 기."

그제야 짚이는 바가 있었다.

"아, 내가 준 조카 등록금을 수인은 남편에게도 말하지 않고 중간에서 가로 챘구나 ……"

그러나 그에 대해서 나는 일체 발설하지 않았고 오빠에게도 말하지 않았다.

이미 지난 일이고 또 돈 문제에서 수인이 그런 점이 있는 줄을 내 퇴직금과 관련하여 이미 알고 있었으므로 새삼스러운 일도 아니었다.

누구나 사람은 다소간에 모자라는 것이라 양해했고 조카아이들도 보고 있으므로, 웬만한 것은 시끄럽게 하지 않고 조용히 체념하고 살았다.

어머니도 그랬다.

"부부 금슬 좋고 병 안 나면 됐지."

그런 가운데서도 우울증이 있어 정신병 약을 복용하는 수인에게 어머니는 연민의 정을 가지고 이해하고 참고 보듬었다.

"일등을 하고 싶은데 현실이 안 따라주니 지 스스로 스트레스를 받는다."

그리고 마음 한 구석에는 실낱같은 희망이었으나 수인이 좀더 나은 사람이 되어주기를 기다리면서 어머니가 하는 말.

"지가 마음만 곱게 쓰면 참 잘 지낼 수 있을 텐데 ..... 지가 마음을 그렇게 쓰면 지 건강에 해로울 낀데 ..... "

어머니가 의문사하고 난 다음 내가 고소를 하고 경찰에 조사를 받으러 다녔을 때였다. 경찰은 며느리인 수인에게 사뭇 동정

적이었다. 30년을 넘게 시부모를 모시고 살았다는 것이다. 그런 점에서 수인은 무조건 동정표를 샀다.

며느리인 수인이 내 어머니를 평소에 괴롭혔다고 말했더니, 경찰은 다 그렇게들 말한다고 하고, 또 그러면 따로 모시지 왜 거기다 어머니를 그냥 맡겨두었느냐고 내게 핀잔을 주었다.

또 수인의 남편 되는 내 오빠는 자신이 운전을 열심히 하고 아내인 수인이 식당 등을 다니면서 어렵사리 돈을 모아 어머니를 모셨고, 그동안 나는 혼자서 공부만 하여 교수까지 된 것이라고 경찰에 가서 고했다.

그런데 실상은 꼭 그런 것은 아니었다.

우리는 18평 되는 조그만 공간에 3대에 걸친 온 식구가 함께 살았다.

1987년 유학을 떠날 때까지 나는 이래저래 생긴 집안 빚을 가리고 남동생 공부를 시켰고, 또 나 자신이 대학원 박사과정을 수료까지 했다.

여동생은 1980년 대학을 졸업하고 고등학교 교사로 근무하기 시작하여 1993년 유학을 떠나기까지 한 집에 살면서 봉급을 어머니에게 가져다주었고, 어머니가 그 돈으로 살림을 도왔다.

여동생은 유학을 떠날 때 다니던 직장을 그만 두고 퇴직금을 받아서 조그만 아파트 한 채를 마련했고, 거기서 나오는 월세로 어머니가 쓸 돈을 마련해 드렸다. 그러면 어머니는 그 돈으로 또 가정 살림을 도왔다. 어머니가 오빠 내외에게 짐이 되어 얹혀 있었던 것이 아니고 오히려 가정의 부족한 살림을 메꾸고 있었던 것이다.

여동생은 십년이 넘게 번 봉급을 다 살림에 쏟아 붓느라 제 몫을 챙기지 못했으나, 항상 감사한 마음을 지니고 있었다. 온 세상이 어려웠던 때에 어린 시절을 보낸 탓에, 그저 온 식구가 큰 탈 없이, 또 크게 부족함 없이 사는 것 자체가 감사했던 것이다.

수인이 오빠와 결혼하여 우리 집으로 시집을 온 것은 1970년대 말이었다. 시집 온지 1년 만에 첫 아들을 낳자 몸조리를 한다고 친정이 있는 부산으로 갔다. 그러더니 한두 달이 지나도 대구로 돌아오지를 않았다. 부산으로 살림을 내 달라, 그렇지 않으면 같이 살지 못하겠다는 것이었다.

지리에 익숙한 대구에서 운전을 생업으로 하고 있던 오빠는 갑자기 부산으로 옮겨갈 처지가 아니었고, 그럴만한 경제적 여유도 없었다.

의논 끝에 그러면 갓난아기라도 받아오자고 하고, 오빠, 어머니, 내가 함께 부산으로 내려갔다. 수인의 친정집에서 우리가 아기를 받아오려고 하면서, 양가 집 사람 사이에 약간의 몸싸움을 벌이게 되었는데, 아기가 놀라 막 우는 바람에 우리가 물러서서 그냥 대구로 돌아왔다. 그런 일이 있은 다음 곧 수인이 따라서 대구로 왔고 우리는 다시 함께 살게 되었다.

그런지 얼마 후, 정확하게 얼마가 흘렀는지 기간은 확실하지 않으나, 수인이 다시 대구에서 따로 살림을 나겠다고 했다. 그래서 우리는 그렇게 하라고 양해했고, 오빠와 수인은 따로 나가 살게 되었다.

그렇게 몇 해가 흐른 다음 웬 일인지 수인이 다시 우리 집으로 들어와서 함께 살겠다고 했다. 우리는 또 그렇게 하라고 했고 그때부터 수인이 한 집에서 살게 된 것이다.

몇 군데 이사를 다니다가 우리가 마지막에 함께 살게 된 집은 아버지 생전에 아버지와 오빠가 반, 나머지 반은 여동생이 부어서 마련한 집이었다.

어려운 살림에 누가 혜택을 보고 누가 희생만 한 것이 아니라 온 식구가 다 나름대로 기여를 하며 도우면서 살았다. 주변 사람들은 우리 집안 형제들이 우애가 있고, 돈을 가지고 다투는 법이 없으며, 있는 대로, 아니 있는 것 뿐 아니라 빚을 내면서까지, 다 써야할 곳에 쓰는 줄로 그렇게 알고 있다.

2

수난의 민족사와 어머니

내 부모 내 고향

관대한 팔공산 자락은 많은 도시와 마을들을 품고 있다. 남쪽으로 고명한 대구가 있고 왼쪽으로 칠곡, 동명, 효령, 오른 쪽으로는 하양, 영천, 청도, 신령이 있다. 팔공산 북쪽으로 군위군이 있고 그곳 우보면 옆에 의흥면이 있으며, 의흥읍에서 다시 20리 길 골짜기에 지호리가 있다. 의흥 읍내 바로 지척으로, 대구로 향하는 국도 변에 연계리가 있다. '배태'라고도 불렀다. 거기서 지호리는 10리길이다. 아직 버스가 흔하지 않던 시절, 대구에 공부하러 다니던 지호리 젊은이는 쌀 한 가마를 메고도 산길을 넘어 대구까지 갔다.

요즈음은 어디라도 직선으로 된 산업도로가 생겨서 가는 길이 단조롭지만, 옛날에는 신령에서 화수로 이어지는 갑티재를 넘어서 갔다. 구곡 산자락을 끝없이 돌아서 올라갔다 내려오는 갑티재는 위험한 곡예로 스릴 자체였다. 막 굴러서 낭떠러지 아래로 곤두박질 칠 것 같은 좁은 길에 눈이 와서 빙판이 되는 날이면 버스는 아예 제자리걸음 하듯 굼뱅이가 되어버리고 사람들은 숫제 숨을 죽였다. 그렇게들 오고갔다.

지호리는 확 트인 데라고는 없고 동리로 들어가는 길을 빼고는 사방이 꽉 막혀있다. 내 아버지의 고향은 의흥면 지호리이고 어머니는 의흥읍이다. 아버지는 시골 사람, 어머니는 읍내 사람이었다. 어머니는 아버지가 지호동 골짝 사람이라 머리가 언제나 꽉 막혀 융통성이 없다고 불평하곤 했다.

그래도 내 고향 지호리는 언제나 봐도 아늑하고 아름답다. 양 갈래 개울이 초가 마을을 적시며 흘렀다. 예전에는 주변으로 크고 작은 못(호수)들이 흩어져 있어서 골짝 논에다 물을 대고 또 거기서 말(수초의 일종)을 걷어서 밥을 싸서 먹었다.

남쪽 개울은 동리 동쪽 깊은 골짜기에서 흘러나와 남쪽 정자 쉼터가 있는 곳을 에둘러 논밭을 적시며 남산기슭을 따라 흘러내렸다. 북쪽 개울은 지호리를 음지와 양지로 가르면서 동리 중간으로 흐르는데, 그 위쪽 수태사가 있는 골짜기에서 흘러온다. 이 개울은 깊은 골을 이루어서 마을 골목길에서 가파른 돌계단을 열 걸음은 족히 더듬어 내려가야 한다. 빨래거리라도 있으면

이 어둑하고 그윽한 개울을 찾는 마을 아낙들은 앞서거니 뒤서거니 이 돌계단을 오르내렸다.

남북 양쪽으로 흐르는 두 계곡의 물이 합수하는 동리어귀에 물방앗간이 자리하고 있었다. 그 물은 다시 지호천이 되어 크고 작은 바위 사이를 지나서 서쪽으로 흐르고, 의흥에서 대구로 가는 간선 신작로의 정류소가 있는 배태(연계동)로 이어진다.

마을 어귀 바깥으로는 개울 폭도 더 넓어지고 나지막하지만 폭포 같은 것도 있다. 겨울이라 개울물이 얼면 마을의 큰 소년들은 철사줄 박은 발 스케이트를 맞추어 신고 층계가 나뉜 채 얼어붙은 빙판 사이를 날아 내리기도 했다.

남쪽으로는 개울 위로 가파른 언덕의 민둥산이 마을을 가둔 채 주위를 에워싸고 있다. 겨울철 작고 호젓한 산골에 일찍이 해가 지고 어둠이 밀려들 때면 우리 아이들은 대구에 있는 어머니가 그리워졌고, 그 가파른 언덕은 어머니가 그리운 어린 마음을 숯처럼 태워놓기가 태산과도 같았다. 능선에만 올라서면 금방이라도 돌아가고 싶은 어머니 집이 바라보일 법도 한데, 가지만 남아 **빽빽히** 줄지어 선 오리나무가 까마득히 높은 병풍이 되어 하늘을 가로 막던 능선은 원망스럽기도 한이 없었다.

지호리에서 큰 길까지는 두어 마지기 너비로 논이 가로놓였다. 겨울이면 이 텅 빈 논이야말로 탁 트인 광장이 되어, 얼레에다 가오리연 연줄을 휘어잡고 벼 그루터기 사이로 조심스레 발

걸음을 옮겨가며 내달릴 수도 있었다.

민둥산이 높아서 해가 기울기만 하면 일찍이 어두워지는 지호리에서 아이들이 느지막이 논에서 돌아와 삽작문을 들어서면 소여물 먹이던 할아버지는 으레 손주들에게 겁을 준다.

"범 나온다. 어둡기 전에 오거라."

처음 그 무서운 말을 들었을 때는 삽작문 너머 집안까지 범이 따라오기라도 한 듯, 우리 아이들은 소스라치게 놀라 눈을 동그랗게 뜨고 가슴을 콩닥거렸다. 해가 바뀌면서 이윽고 어린 마음에도 요량이 생겨 할아버지가 능청을 부리시는 줄 가늠은 하면서도, 범 이야기는 좀처럼 그냥 하는 말 같지가 않아서, 남서쪽으로 마을을 가두고 있는 산 밑이 어둑해지기만 하면 아이들은 지레 겁을 먹곤 했다.

그 지호리 골짝에 내 아버지, 어머니가 묻혔다. 지호리 동쪽으로 난 산골짜기 어귀, 산골길 옆 선산 양지 바른 곳이다. 가까이 산골짝에다 어렵사리 일구고 물을 댄 조그마한 논들이 있고 멀리는 좁은 골짝 입구로 첩첩이 겹쳐진 크고 작은 산들이 내다보인다.

일제시대 어머니의 아버지, 내 외조부는 어머니가 가난에 굶지 않도록 시골 토지 있는 농가에 시집을 보냈다. 어머니는 요즈음 말해 마음에 든 남자친구 같은 사람이 하나 있었던 것 같지만, 그때는 세태가 요즈음과 달라서 부모가 정해준 곳에 혼인을 하게 되었다. 그때 외조부가 돈은 없었으나 의흥면에서 나름 명망 있는 선비로 이름이 나있어서 친가 할아버지는 혼사를 서둘렀다. 아버지는 목공예를 배워서 기술자가 되었고 한동안 돈을 잘 벌었단다.

그런 중에 어머니, 아버지가 대구로 살림을 났다. 아버지는 방천둑 가에 가게를 내고 가구나 액자를 만들고 그림을 그려서 팔았다. 손재주가 있어서 풍경화나 정물화를 직접 그렸다. 그러다 6.25사변이 나서 생존이 어려운 지경에 처하자 가구나 장식품의 수요가 줄어들게 되었다.

친할아버지는 이런 경기의 변동에 대해 개념이 없었던 것 같다. 왜냐하면 아버지가 언제나 돈을 잘 번다고 생각했던 것 같기 때문이다. 어린 시절 귀에 못이 박히도록 친할아버지가 어머니 흉을 보는 것을 듣고 컸다. 그것은 어머니가 살림을 못살아서 아버지가 돈을 모으지 못한다는 것이었다. 사실 어머니는 돈 모을 줄은 모르고 우리를 위해 있는 돈은 물론이고 없는 돈 빚까지 내가며 우리 형제들을 공부시켰다.

4남매 중 오빠는 공부를 많이 하지 못했다. 큰아버지가 죽자 아버지가 그 시집 맏조카를 대구로 데려오고, 그 대신 자신의 맏아들을 시골 할아버지 댁에 데려다놓았다. 단간 방 살림에 머슴애를 둘 다 데리고 있을 수가 없었기 때문이라고 한다. 오빠는 초등학교 1학년부터 5학년까지를 시골에서 농사일을 거들며 살게 되었다. 당시 의흥 초등학교의 동부 분교가 지호리 근처에 있었으나 학력을 쌓을 분위기가 되지 못했다. 어머니의 품에서 떨어져 어린 시절을 보낸 오빠는 학력 뿐 아니라 당연히 모든 면에서 치명적으로 불이익을 당하게 되었다.

오빠가 5학년이 되었을 무렵 한 번은 어머니가 시골에 들어갔더니 오빠가 벌에 쏘여서 손바닥이 퉁퉁 부어오른 채 온 몸에 열이 나서 죽을 지경이 되어 있었다고 한다. 그때 할아버지는

"밍[명] 질면[길면] 살고 밍[명] 짜리면[짧으면] 죽는다."

라고 하면서 오빠를 방치하고 병원에도 데리고 가지 않았다. 이때 어머니가 악을 써서 오빠를 대구로 데리고 나올 수가 있었단다.

대구 초등학교에 편입이 되었으나 뒤처친 학력을 갑자기 메꿀 수가 없었던 오빠는 학교에 다니는 재미를 잃었다. 그 후 중학교에 입학했으나, 말썽꾸러기가 되어 5.16 군사혁명이 나고 난 다음 정화과정에서 퇴학을 당했다.

그 후 오빠가 성인이 되고 운전을 배워 생업을 갖게 되고, 또

결혼을 해서 옥동자 2명을 낳기까지, 어머니가 알게 모르게 앓았던 가슴의 고통은 여기서 그냥 생략하도록 하자.

그저 어머니는 평생을 두고 아버지를 원망했다.

"조카자식 데려다 공부시키고 제 자식 병신 만들었다."

시집 큰댁의 맏조카 뿐 아니다. 어머니는 그 후에도 조카딸에다 둘째 조카까지 한 동안 함께 생활하면서 뒷바라지를 했다. 크게 욕심이 없었던 어머니는 자기 자식 남의 자식 가려 차별하는 성품이 아니었다.

사실 오빠 뿐 아니라 나도 시골에 가 있었다. 어릴 때 한동안 둘이서 같이 시골집에 있었다. 나는 그 뒤 일찍 대구로 나왔지만 오빠는 어머니와 떨어져 시골에 남아있었으므로 피해가 막심했다.

남동생과 여동생은 아직 너무 어려서 떼놓지를 못했다. 지호리를 다녀갈 때마다 어머니는 시골에 떼놓고 가는 자식들 때문에 가슴이 아파서 울었다. 할아버지 댁 앞 골목길에서 마을 큰길로 빠져 나오고 마을 사람도 눈에 띄지 않아 호젓해지면 어머니는 여동생은 업고 남동생의 손을 잡고 가며 울었다. 그러면 남동생은 서너 그루밖에 안 되게 줄지어 선 옥수수가 흙담 가에서 이른 아침햇살에 영글어가는 것을 보면서 어린 요량에도 비장한 생각이 들곤 했다. 어머니가 왜 우는지도 모르면서 달래주고 싶은 마음에 속으로 빌었다.

"울지 마 엄마, 울지 마 엄마. 할아버지가 그랬어? 엄마? 내가 혼내 주께!"

어릴 때부터 무던했던 남동생은 우는 엄마를 쳐다보지 않았고 느끼기만 했을 뿐, 옥수수를 곁눈질하며 걸어갔고, 어머니는 한 손으로 등 뒤로 여동생을 떠받치고 나머지 한 손으로 남동생 손을 내내 꽉 잡고 있었다. 남동생보다 일곱 살 위, 아직도 어리고 한참 자라기 시작한 큰 아이를 시골에 떼놓고 대구로 돌아가는 어머니가 애끓는 안타까움을 참지 못하고 쏟아낸 울음인 줄을 그때 남동생은 까맣게 몰랐다.

어머니는 시집 식구 뿐 아니라 친정 조카딸까지 함께 데리고 있었다. 6.25 동란 통에 친정 독자였던 오빠가 행방불명되었다. 그 아내는 바로 재취를 갔고 그 소생 두 남매가 갈 곳이 없었다. 그래서 남자 아이는 전라도 부안에 있는 어머니의 언니인 내 이모 댁으로 가고 딸아이는 어머니가 한 동안 데리고 있었다. 그 친정 조카딸은 초등학교 2학년 때까지 의흥에 있는 자신의 외가에서 크다가 3학년 무렵 대구로 나와서 내 어머니와 함께 있었다. 그래서 초등학교와 중학교를 마치고 고등학교를 다니다가 중퇴했다. 부안에 있던 남자 아이는 그 후 이모댁을 떠났고, 어머니가 데리고 있던 딸아이도 철들어 제 갈 길을 갔다.

부모 없이 다른 아이들과 함께 어울려 사는 것이 그렇게 편안하기만 한 것이 아니었던가 보다. 죽었는지 살았는지 그렇게 생사를 모르고 살다가 주민등록증을 만들기 시작하면서 고향과 연계가 되고 서로 연락이 닿기 시작했다. 다행히 남자아이는 남의 집 머슴이 되어 착실하게 일을 하고 있었다. 그 후 그는 가장이 되었고 지금은 손자가 생겨 할아버지가 되었다. 여자 아이도 큰 탈 없이 자라서 슬하에 아들을 두었고 지금은 손자까지 보았다.

그 뿐 아니다. 어머니는 8.15해방 후는 물론 그 전부터 그녀의 아버지, 내 외조부를 함께 모셨다. 어머니의 여형제, 즉 내이모가 둘이 더 있었으나 맏딸은 전라도 부안으로, 둘째딸은 일본으로 시집가서 외조부 곁에는 그 막내딸인 내 어머니 밖에 없었기 때문이다.

6.25 사변이 가져다준 상처가 어머니에게 그대로 내려앉았다. 어머니 뿐 아니라 아버지도 그런 바깥 식구를 거느리는 데 대해 불평하지 않고 묵묵히 운명에 순종했다. 그때만 해도 요즈음과는 세태가 달라서 대가족이 모여 사는 것이 크게 흉한 일이

아니었다.

어머니가 돈을 못 모은 것은 친할아버지가 불평하듯이 살림을 못살고 흥청망청 헤퍼서 그런 것이 아니라, 사람들을 품고 살았기 때문인 것이다. 아무튼 어머니는 쉴 새 없이 돈을 써야만 했던 것이 사실이다. 읍내 출신인 어머니의 취향이 좀 고급스러운 데가 없었던 것은 아니지만 말이다.

가끔 친할아버지가 대구 우리 집으로 올 때면 어머니는 극진히 고깃국에다 우리가 먹지 않던 뽀얀 쌀밥을 해 올렸다. 친할아버지는 그거 자시고 시골로 돌아가서는 어머니 욕을 했다. 평소에 우리가 그렇게 잘 먹는 줄로만 알고,

"내동 디기[댁]는 돈 안 모으고 쌀밥에 고기 먹고 살더라."

하는 것이다. 우리가 어릴 때 방학이 되어 시골로 들어갈 때면 어김없이 할아버지가 어머니 비난하는 소리를 들어야 했다.

"아직도 네 엄마는 미리치[(다시물 내고 난) 멸치] 갖다버리나?"

어머니도 할아버지에게 할 말이 없었던 것이 아니다.

"구두쇠 영감! 자식 10여 명 낳아 다 죽이고 겨우 두 명 살려 놓고는."

그리고 보니 어머니는 우리 4남매 낳아서 노심초사 지극정성 으로 다 살려놓았구나.

외조부

   내 외조부 집안은 군위군 의흥면의 전통 아전 이었다고 한다. 그래서 외조부 고태호(高台灝: 1887~1955)는 글을 익혔고, 일제시대 대구 농림학교를 졸업했다. 입학시험을 치고 난 다음 합격자를 보러갔는데, 그때는 성적순으로 발표가 났는지, 제일 꼴찌서부터 찾아 올라가다가보니 제일 꼭대기에 이름이 있더란다.

   졸업을 한 다음 그는 일본 조선총독부 산하 관리가 되었다. 조선총독부가 토지측량사업을 할 때 외조부는 측량기사가 되어 전라도 부안으로 발령을 받았는데, 그 부안에서 신씨(辛氏)네 집안사람들과 인연을 맺게 되었다. 외조부의 성품을 눈여겨보던 신씨네 일가 사람들이 외조부를 포섭했고 외조부는 측량 기사 일을 그만두고 독립운동 전선에 뛰어들었다.

외조부의 맏딸은 신씨네 집에 출가하여 한 가계를 이루었다. 이렇게 고명한 시인 신석정씨네 집안과 외조부는 사돈 간이 되었다. 외조부는 독립운동의 공훈으로 1982년에 와서야 대통령 표창에 추서된 신헌(辛憲, 분명 辛基中) 선생과 뜻을 모아 상해 임시정부로 독립 군자금을 모아서 송금했다.

신헌 선생은 그 후 체포되어 1921년 3월 28일 법률위반과 공갈죄로 징역 1년 6개월 형을 언도받고 출감했는데, 고문의 여독으로 와병 중 1925년 9월 25일 향년 35세의 나이로 사망했다.

그 후 외조부는 고향 군위 의흥으로 돌아와서 독립을 위해 뜻 있는 청년들을 규합했다. 1933년(소화 8년) 9월 외조부 등 총 11명의 청년들이 군위경찰서에 체포되었고, 도(都)경찰부에서 직접 파견을 나와 취조를 했다(동아일보 1933.9.21/ 9.26일자). 죄명은 '치안유지방해'였으며 이때 외조부는 기소유예 처분 당했다.

그러다 1945년 해방을 맞았다. 해방되던 바로 그 해 외조부의 외아들이 첫 딸을 낳았다. 외조부는 해방의 기쁨을 담아 첫 손녀의 이름을 '무궁화'로 지었다.

내 외조부의 동족을 위한 정신과 노력은 해방 후에도 크게 달라지지 않고 계속되었다. 일본은 물러갔지만 어디서나 친일파가 다시 득세하고 있었기 때문이다.

그때 고향 의흥에서 면장을 뽑는데, 일제시대 고리대업을 하던 사람이 유력후보로 나섰다고 한다. 외조부는 그 이는 면장하기에 적합하지 못하다고 의견을 개진하다가 1946년 6월 5일에는 명예훼손죄로 군위경찰서에 체포되었다. 수감된 지 석 달만인 1946년 9월 13일 대구지방법원에서 '절도죄'의 누명을 쓰고 '2년형기 집행유예' 선고를 받은 후 대구형무소에서 풀려났다.

바로 그 해 10월 1일 대구 등지에서 '십일사태'가 발생했다. 외조부가 형무소에 있다가 출소한 지 보름 밖에 되지 않았을 때였다. 그래서 몸이 성치 않아 누워있어서 '십일사태'에 전혀 연루됨이 없었는데도, 공연히 붙들려서 또 안동 형무소로 수감되었다고 한다. '십일사태' 때 박정희 대통령의 형이었던 박상희는 구미에서 경찰이 쏘는 총에 맞아 사망했다.

구미와 군위가 이웃인지라 박상희와 외조부는 서로 알고 지냈다. 해방직후 미군정이 임명하는 행정조직이 있었으나 그에 대응하여 박상희를 비롯한 일부에서는 자치를 지향하는 인민위원회를 구성하려 하면서 사회의 혼란이 가중되었다. 이때 외조부는 군위군 인민위원장이 되었다(매일신문 1997.11.5 〈실록소설 청년 박정희〉). 이것은 여운형이 중심이 된 '조선건국준비위원회'의 산하 조직이었다.

당시 형식을 갖추는데 그쳤던 인민위원회에는 왜정 때 독립운동에 투신한 애국지사들이 대거 포진했다. 반일 항쟁의 선봉에 섰던 이들은 이념적으로 권위주의, 통제적인 행정조직이 아니라 자치적, 분권적인 행정조직을 지향했던 것이다.

이런 와중에서 외조부를 뒷바라지 한 것이 내 어머니였다. 민족주의와 친일, 이념 분쟁의 소용돌이 속에서 우리 민족이 겪은 고통의 무게마저 내 어머니의 몫이 되었다.

이런 처지는 비단 내 어머니에게만 해당되는 것은 아닐 것이다. 온 민족이 몸살을 앓았다. 어머니의 세대는 청춘도 사랑도 낭만도 없고 압박과 전쟁의 공포 속에서 그저 끼니 걱정하는 재미로 살았다. 일제시대에는 일본이 필리핀까지 쳐들어가는 대동아전쟁이 있었고, 해방 후에는 좌우익 간 이념의 대립이 있었고 삼천리강토를 폐허로 만들고 가족 친지들이 죽고 헤어지는 비극의 6.25사변이 이어진 것이다.

미군정이 들어서고 외세에 편승하여 친일파가 다시 득세하던 즈음, 가난과 피곤에 젖은 독립운동 투사들은 여전히 가난과 피곤 속에 머물러있어야 했다. 이들 중 일부는 독립운동이 이렇듯 지난하고 끝이 보이지 않는 줄을 미리 알았더라면 아예 시작하지도 않았을 것이 확실하다. 그래서 독립운동에 나선 사람도 적지 않지만, 또 적지 않은 사람들이 친일로 변절했다.

금방 쫓겨날 것 같던, 말도 안 되는 일본 식민지 정부가 조선에 그대로 끝없이 눌러앉을 것 같이 기세 등등 하자 앞이 보이지 않고 절망했던 것이리라. 후에 변절한 춘원 이광수도 외조부의 지인이었다.

외조부네 가난은 끝이 없었다. 외조부는 창씨개명도 하지 않았다. 그래서 당시 쌀을 일본인이 거둬가고 그 대신 만주에서 들여온 콩을 배급할 때 외조부네는 그 콩 배급표조차 받지 못하여 굶주려야 했다.

가족을 먹여 살리는 일거리만 없었던 것이 아니었다. 다소간에 독립운동자금까지 해대고 여러 외지 사람을 만나러 다녔으며 거기다 책까지 사봐야 했던 외조부는 그야말로 소비성 인물이었음에 틀림이 없다. 능력 없는 가장이었던 셈이다. 그 통에 집안 살림의 책임은 고스란히 외조모의 몫으로 돌아갔다. 외조모는 삯바느질을 하여 어렵사리 집안을 꾸려갔으나, 외조부를 존경하고 사랑했으므로 그런 수고를 불평 없이 감내했다.

6.25사변의 후유증

6.25사변이 나자 집안이 풍비박산이 났다. 외조부에게 유일했던 아들 하나가 행방불명이 되었다. 죽었는지 살았는지 영 소식을 알 수가 없었고 후에 사망처리 되었다. 과부가 된 두 아이의 어머니는 곧 재취를 갔고, 두 남매는 고아가 되어 서로 떨어져 친척 집으로 수용되었다.

전라북도 부안 신씨네 집안으로 시집을 갔던 큰 이모댁에서도 맏아들이 행방불명 되었다.

부안은 채석강이 흘러서 서해안으로 합쳐지는 곳에 있다. 나는 사변이 끝날 무렵 1952년에 태어났는데, 어린 시절 어머니가 부안 이모 댁으로 다니러갈 때면 나도 따라갔다. 어린 시절의 기억에 사이렌이 울리고 밀물이 들어오자 이미 물속에 잠기기 시작한 바위 위를 건너뛰며 사람들이 서둘러 뭍을 향해 올라오던 장면이 지금도 선하다. 커서는 가본 적이 없으나, 그래서 부안은 내게 저 먼 꿈의 나라같이 향수가 어린 곳이다. 교통이 불편하던 시절이라 대구에서 부안을 다녀 온다는 것이 여간 대견한 일이 아닌 것이다.

6.25사변이 끝나고 그렇게 한 15년이 흘렀다. 1967년 내가 중학교를 다니고 있었을 때, 그 해 서해안에 간첩단이 출현했다. 내 기억에 세 명이었는데, 그 중 한 명이 큰 이모의 행방불명되었던 맏아들이었다. 그는 서해안으로 잠입했는데, 꿈에 그리던 어머니를 보기 위해 한밤중에 고향집으로 들어왔단다. 그러다가 발각이 되어 충격전이 벌어지고 그 중 한 명은 그 자리에서 사살되었다. 내가 들어 알고 있는 것으로, 또 한 명은 고향이 이북이었는데 그 후 사형되었다고 한다. 큰 이모의 맏이는 고향이 부안이고 또 아직 그 어머니가 살아있었으므로, 전향의 가능성을 고려하여 살려두었다고 한다.

그러나 끝내 그는 전향하지 않았고, 근 30년 세월을 감옥에서 지내다가 마침내 골수암에 걸렸다. 그때 김대중 정부가 들어서고 장기미전향수를 이북으로 송환할 때 북녘에 있는 가족 품으로 돌아갔고 얼마 못가서 죽었다고 한다.

큰 이모는 1967년 이후 맏아들이 이북으로 송환되던 2000년 대 초까지 근 35년의 세월을 아들 옥바라지를 하고 살았다. 그리고 아들이 송환된 다음 그녀도 또한 얼마 있지 못하고 아흔을 넘긴 나이로 죽었다.

그 옛날 그녀의 환갑잔치에는 감옥에서 나오지 못해 동참하지 못하는 맏아들의 얼굴사진을 동그랗게 오려다가 모든 가족 친지가 함께 한 잔치 사진 한 모퉁이에 실은 것을 나는 본 적이 있다.

3

나의 그리스 유학

폐결핵 앓이

지금은 피자도 있고 통닭구이도 먹고 뷔페에도 가서 너무 많이 먹어서 아랫배 비만으로 걱정들이 많지만, 해방 후 70년대까지만 해도 한국은 폐결핵이 유행하던 가난한 나라였다.

1952년 6.25사변이 막 끝날 무렵에 태어난 나는 사변 통에 어머니 뱃속에 있었다. 훗날 어머니가 하는 말이, 나를 뱃속에 가졌을 때는 굶기를 밥 먹듯이 했다 한다. 그래서 어릴 때 병치레를 유난스레 했단다.

내가 고등학교 3학년 졸업을 서너 달 앞두고 대학입시를 위해 총력을 기울이던 막바지 무렵이었다. 대한적십자사가 조그만 미니버스를 가지고 학교로 와서 폐 검사를 했는데 거기서 내가 폐결핵에 걸린 사실이 드러났다. 그때가 1969년 9, 10월경이었던 것으로 생각난다. 그때부터 일주일에 하루 학교에 가다가 나중에는 아예 가지 않았다. 결석일수 100여일, 그래도 졸업장을 받았다. 폐결핵 2기. 죽기 직전이었다. 그때부터 2년간 약물치료를 했다. 어머니는 갖은 고생을 다하여 나를 살렸다. 없는 형편에 칠성시장에 가서 개고기를 사와서 끓였고, 둥글고 큰 호박 안에 뱀장어를 넣고 짚불을 피워 익힌 다음 으깨서 뽀얀 흰 육수를 내주었다.

이렇게 2년을 지난 다음 폐결핵의 진행이 일단 정지되었다고 진단이 날 즈음, 나는 경북대학교 인문대학 사학과에 입학을 하게 되었다. 대학을 졸업한 다음에는 김천의 한 고등학교에서 교편을 잡았으나, 1년 만에 사직을 하고 석사과정을 계속했다.

석사학위를 끝내고 다시 대구의 한 고등학교에 교편을 잡았고, 약 7년 후인 1987년 봄 그리스로 유학을 떠났다. 1991년 6월 박사학위를 받았고 뒤 마무리를 한 다음 그 해 10월, 유학을 떠난 지 4년 반 만에 귀국했다.

그리스 국가장학처에서 4년간 장학금을 받으며 박사학위 과정에 전념하면서, 나는 앓고 도지고 하던 병을 거의 다 고쳤다. 그곳 식단은 짜고 매운 김치는 없고 주로 육식이 많았다. 대학교 기숙사에서 주는 음식 자체가 올리브 등 각종 기름, 지방을 싹 뺀 하얀 치즈, 버터, 빵과 여러 가지 분식, 각종 육류 등으로 우리 입맛에 딱 들어맞는 것이 아니었으나, 육식을 많이 하다 보니 나도 모르게 세포조직이 강화되어 그랬는지, 항상 도지곤 하던 만성 신장염도 그때 사라졌다.

귀국은 했으나 여전히 취직은 어려웠고 2010년 3월 현재 근무하는 대학에 교수 채용되기 까지 약 20년간을 시간강사로 나다녔다. 이를테면, 우스개로 '국토순례 교수급 시간강사'였다. 동서남북 사방팔방으로 몇 시간 강의를 하기 위해 버스를 타고 왔다갔다 하는 것이다.

그동안 박사논문을 한글로 번역한 책과 대우재단에서 지원받은 책 등, 두 권의 책이 문화체육관광부 역사부문 우수도서로 선정되었다.

그리스 유학

　나는 그리스에서 공부를 했다. 신화의 고향으로 알려진 그리스는 여전히 지금도 아름다운 산천의 나라이다. 검갈색 화강암이 아니라 흰 대리석이 지천에 깔렸고 어디를 가나 곧은 절벽과 파란 바다가 어우러진 해안으로 이어진다. 병아리콩 같이 흩어져 다도해를 이룬 에게 바다도 있다. 우중충한 기후의 독일 사람들은 한 해를 열심히 일 한 대가로 한 여름을 햇빛 찬란한 그리스에서 보내기를 좋아한다. 우리네 콩기름 같아서 그다지 비싸지도 않은 올리브 기름에다, 지방을 쫙 뺀 덕에 미끈거리지 않고 바삭한 하얀 치즈를 채소에 곁들여 먹는 샐러드는 건강식으로 유네스코가 지정한 세계문화유산에 들어간다.

내가 모교 지도교수님의 주선으로 그리스로 유학을 떠난 것은 1980년대 중반이었다. 7년 재직했던 고등학교 교편생활을 사직하고 35세에 유학을 떠났고 귀국한 것은 40세가 되어서였다.

1987년 6월 한국에서 민주화를 위한 소동이 벌어지고 있을 때 나는 그리스에서 막 두 달째를 맞고 있었다. 한국에서 가지고 나간 시계가 바로 고장이 나버려서, 날이 새고 저물어도 몇 시인지를 알 수가 없었다. 가지고 간 라디오가 하나 있었으나 그리스어를 잘 알아듣지도 못했던 때라, 그저 땡 치면 몇 시인지 정각이구나 하는 정도였으므로 그때 나는 바깥 세계와 완전히 차단되어 있었던 셈이다.

그래서 그 해 6월 한국에서 있었던 항쟁을 지금도 피부로 느끼지 못하고 있다. 그때는 인터넷도 사용하지 않았으므로 세상 뉴스를 접하는 정도가 오늘날과는 아주 달랐다. 오늘은 더 편한 이메일 때문에 거의 천덕꾸러기가 되어 버린 팩스도 그 후에 퍼지게 된 것이다. 그때 한국에 있던 모교 교수님이 '신기한' 팩스라는 것으로 바로 뭐든 전송할 수 있는데 그리스에도 그런 것이 있느냐고 편지로 물어왔던 기억이 난다.

1991년 가을 4년 반의 유학생활을 마치고 돌아온 후 지금 2014년이니 그 새 4반세기가 흘렀다. 길다면 길고 또 짧다면 짧은 세월이다. 내가 그리스에 대해 더 깊이 알게 된 것은 싫지 않았던 그리스의 생활과 그 정치, 사회, 문화를 그 4반세기 동안 기회가 있을 때마다 다시금 돌아보게 되었기 때문이다.

사실 유학 시절에는 그곳 말을 익히고 논문을 쓰느라 바빠서 사회를 돌아볼 겨를이 없었다. 그리스 국가 장학재단에서 매달 용돈을 주고 거의 무료로 기숙사에서 먹여주고 재워주고, 또 필요한 논문을 신청하면 대학에서 구해주니, 그저 앉아서 머리만 굴리면 되는 것이었다. 갑자기 공주가 된 기분이었다. 유학가기 전 내가 근무한 고등학교에는 야간부가 있었다. 야간에 고등학생 가르치고 낮에는 몇 시간 대학 강의를 하며 박사학위 과정까지 수료하느라 일벌레 같았던 내가 말이다.

귀국해서 한 원로 교수님을 만나서 그 간의 생활을 대충 말씀드렸더니, 교수님께서는 처음 듣는 사회의 이야기라 사뭇 놀라셨다.

"세상에 그런 데가 있더냐?"

최근 그리스에 경제위기가 닥치자 일부에서는 복지기금을 과다하게 지급한 것이 그 원인이라고 말들 한다. 그러나 딱히 그런 것은 아니고 그리스의 복지기금 수준은 다른 유럽 국가들에 비해서는 오히려 낮은 수준이다.

다만 우리나라 남북한 합친 면적보다 조금 더 넓은 땅에 인구는 우리의 1/6 정도인 1,200만, 그러니 사람이 귀한 곳이다. 거기다 사립대학이라는 것이 없고 대학 등록금이라는 것도 없다. 모든 교육이 공교육으로서 국비로 이루어지는 것이다. 그래서 자연히 대학의 문이 좁다. 대학에 들어가는 것이 상당한 특권이다. 대학을 졸업한 고학력 소유자가 가분수같이 양산되는 우리나라와는 조금 다르다. 지적 수준에서 그리스의 사회구조는 진분수를 이루고 있다.

그렇다고 해서 사회의 지적 수준이 우리보다 낮은 것이 절대 아니다. 고등학교까지의 기초교육의 질이 우리 대학을 졸업한 것보다 더 깊이 있게 이루어지기 때문이다.

경제위기의 원인은 지면 관계상 여기서 거론하지 않기로 한다. 다만 한 가지 밝혀둘 것은, 그리스인의 이런 사회 운영의 방식과 생활 정서는 하루아침에 생긴 것이 아니어서 조만간에 경제위기를 극복하게 되면 다소간에 다시 이어질 것이라는 사실이다. 올리브와 포도, 오렌지와 양들이 언제나 그곳에 자리하듯이 신화와 비극을 창조해 낸 그리스인의 삶의 여유와 인간애는 앞으로도 크게 변할 것 같지 않다.

그리스에는 우리나라 겨울 같은 혹독한 추위가 없다. 환한 햇빛이 가려지는 날은 잿빛 하늘 아래 처적처적 내리는 궂은비를 맞으며 파란 풀들이 자란다. 그 풀밭에서 어미양, 새끼양들이 우루루 모여 북실한 털로 빗방울들을 걷어내며 쉴 새 없이 풀을 뜯어먹고는 입을 오물거리며 되새김질을 한다. 요즈음 경제위기 이후 늘어난 노숙자들도 길바닥에 두터운 합판을 깔고 요 깔고 이불을 덮어서 대낮에도 호텔 침대 같은 것을 거리 한 모퉁이에 만든다. 겨울에도 얼어 죽는 일은 없다.

경제위기인데도 그리스에는 굶어죽는 사람이 없다. 빚을 갚는데 급급하여 한때 공무원 봉급을 45%까지도 깎은 적이 있는 정부가 그들을 다 먹여 살리는 것은 아니다. 거리의 노숙자들은 가까운 교회, 수도원, 양로원 등 복지시설을 찾아가서 하루 두 끼니를 해결할 수 있다.

복지재단의 돈이 다 정부에서 나오는 것도 아니다. 그리스인 들은 사람이 죽으면 부조 돈을 유족에게는 한 푼 건네지 않고 죄다 복지재단에 기부한다. 지인의 죽음으로 슬픈 마음을 담아 편지를 쓰고 돈을 넣어서 평소에 마음에 둔 복지재단으로 기부 하는 것이다. 유족에게는 복지재단에서 오는 감사의 편지가 쌓 인다. 망자가 생전에 베푼 공덕으로 부조가 들어왔으니 복지기 금으로 잘 쓰겠다는 감사의 편지이다. 편지가 많을수록 망자는 인덕이 있었고 잘 살았던 셈이 된다.

이런 장례 풍속은 수백 년 된 전통으로 언제부터 시작되었는지도 알 수 없다고 한다. 그리스인들은 이웃사랑의 생활의 지혜를 스스로 짜낸다. 그런 사회에는 위정자들의 권력이 차지하는 공간은 크지 않다. 가끔은 정치권력에 의해 압박을 받는 시대가 없었던 것은 아니지만, 그런 가운데서도 그들은 삶의 방법을 스스로 재단하는 것이다.

작은 일상을 소중하게 여기는 그리스인은 국가권력에 대해 많은 것을 요구하지 않는다. 그만큼 국가권력을 비대하게 만들어놓지도 않는다. 될 수 있는 대로 스스로 해결하고 남에게 주도권을 넘기려 하지 않는 것이 그리스 민주정의 원칙이다. 세상에 내 이익을 가장 잘 도모할 수 있는 것은 다른 이가 아닌 바로 나 자신이기 때문이다.

아나키(anarchy)적 고대 그리스사회

오늘날은 국가의 존재나 그 권력의 행사를 당연시하는 경향이 있지만, 고대 그리스의 폴리스는 권력의 주체가 성립되어 있지 않았다. 시민단으로 구성된 폴리스에서는 시민들이 모여서 모든 것을 결정한다. 이런 시민의 힘을 상징하는 것이 민회(民會)였다. 민회 장소는 아크로폴리스의 서쪽 편 언덕 프닉스로 알려져 있으나 실제로는 편의상 어디서나 열릴 수 있었다. 오늘날도 그리스에는 동네 곳곳에 사람들이 모일 수 있는 광장이 있다.

흔히들 이런 그리스 폴리스의 직접민주정치 체제는 나라의 규모가 작았기 때문이라고 이해하는 경우가 있으나 그렇지 않

고대 아테네의 프닉스(민회장) 언덕: 멀리 오른쪽으로 아크로폴리스, 왼쪽으로 리카비토스 언덕이 보인다.

다. 핵심은 규모의 문제가 아니라 사회구조적인 것이다. 시민단의 폴리스에서는 각자가 무기를 소지했으며, 권력이나 무력이 한 곳에 집중되거나 조직화되어 있지 않았다. 오늘날에 비겨서 말한다면, 고대 폴리스는 권력과 무력이 외부로 넓게 확산되어 개인이 소지했으며, 국가의 조직적 군대나 권력이 존재하지 않았던 아나키(anarchy 무정부)적인 사회였던 것이다.

시민의 자유란 노예노동에 반대되는 의미가 아니라 바로 국가가 행사하는 정치권력과 조직적 무력에서 자유로웠음을 뜻한다. 고대 그리스인들은 국가의 권력에 복속된 동방의 농민들을

아테네 중심가 오모니아(화합)광장 부근의 쿠문두루 광장

'왕의 노예'로 불렀다. 고대 그리스인들이 근대국가에 소속된 우리를 본다면 '국가의 노예'로 칭했을 법하다.

폴리스는 동방의 군주제나 오늘날 근대국가 같이 다소간에 일률적으로 편제된 행정조직 같은 것이 아니라, 개개인의 집합 혹은 각종 하위 공동체 집단을 중심으로 다핵적이며 원심성이 강한 사회였다. 부족, 씨족, 가문 혹은 촌락공동체 등 폴리스의 하부조직은 다소간에 후대보다 공동체성이 더 강했고, 폴리스의 기능에 유사한 자체의 조직 및 기능을 갖췄으며, 폴리스와 상호 협조체제를 이룬다.

특히 폴리스의 사회신분과 관련해 현재 우리나라에서 크게 잘못 이해되고 있어서 시정을 요하는 부분이 있다. 그것은 폴리스의 구성원이 시민과 노예로 나뉘어져 있고 시민은 노예의 노동력에 의존해서 자유를 누린다는 것, 또 남성은 시민권을 가지고 있으나 여성은 시민권이 없어 거류외인이나 노예에 유사한 것으로 이해되고 있는 점 등이다. 그러나 시민은 노예에 대조되는 개념이 아니었고, 또 여성도 시민으로 불리었다.

노예의 존재 여부와 무관하게 시민의 개념은 성립한다. 이때 시민이란 국가 구성원으로서의 지위만이 아니라 가문이나 씨족 등 혈연공동체 내의 권한 및 지위와도 연관이 있다. 그래서 투표권이나 군역복부와 무관하게 여성도 시민권자로 규정된다.

기원전 5세기 중반에 '시민법'이 제정되었다. 유명한 아테네의 정치가 페리클레스의 제안에 의한 것이라고 하는데, 이것은 아버지와 어머니가 모두 시민이어야 그 소생이 시민이 될 수 있다는 규정이었다. 그래서 여성도 시민이었음을 알 수 있다.

이 법이 제정되게 된 계기는 이집트 왕이 아테네로 곡물을 선물로 보낸 것이었다. 당시 국제도시였던 아테네에 이방인들이 너무 많아서 그 곡물 배급 대상을 한정하기 위해 이 법이 제정되었다고 한다.

한편, 시대에 따라서는 시민과 비시민의 구분 자체가 명확하지 못한 경우도 있는데, 기원전 6세기 초 솔론의 시대의 아테네를 한 예로 들 수 있다. 기원전 594년 수석장관(수상)으로 선출된 솔론은 재산등급에 따라 사람들을 4계층으로 구분하고, 부자에게 국가의 부담을 부과하고 빈자는 면제했다. 이때 폴리스의 구성원은 부유할수록 부담이 늘고 가난할수록 부담이 줄어드는 상황이니, 반드시 어떤 특권의 사회적 지위를 가진 '시민' 개념과는 무관하다.

이 능력자 부담의 원칙은 훗날까지 남아 아테네 민주정의 주요원리가 되었다. 조세체계나 정치권력이 갖추어져 있지 않은 도시국가였던 아테네에서는 국가의 행사나 전쟁을 치를 때에는 그 경비를 부자들에게 부담시켰다.

국가는 전투에 필요한 함선의 수만큼 부자 가운데서 선주를 지명하고, 또 부담을 나누기 위해 해마다 다른 사람으로 교체했다. 선주에 지명된 부자들은 적지 않은 경비를 사재(私財)에서 지출해야 했으므로 전쟁 자체를 기피하려는 경향까지 있었다. 많은 돈을 써야 되는 전쟁을 계속하기보다 차라리 항복해버리는 편이 낫다고 생각하는 것이다.

'재산 바꾸기 소송'이란 것이 있었는데, 이것은 이미 선주로 지명된 사람이 그 부담을 피할 수 있는 유일한 길이었다. 그것은 주변에 자기보다 더 부유한 사람을 찾아내어 자신의 부담을 전가하는 것이다. 이렇게 엉뚱하게 '찍혀온' 사람이 고분고분 그 부담을 넘겨받는 일은 흔하지 않고, 양자 간에는 자연히 소송이 일게 된다. 토지도 값을 측정하기 힘들 때가 있고 또 여러 형태의 재산권이 있어 재산의 크기를 객관적으로 판단하기 어려울 때 재판관들은 마침내 '재산 바꾸기'의 방법을 택하도록 한다. 이것은 운 나쁘게 고발당한 사람이 그대로 부담을 떠안든지, 아니고 그것이 억울하다고 판단되면 자기 재산을 더 많다고 생각되는 상대편의 재산과 맞바꾼 후 국가의 부담을 떠안든지, 양자택일하는 것이다.

이렇게 자신의 부담을 전가할 수 있는 상대를 찾는 데 혈안이 되다보니, 이웃의 재산을 낱낱이 꿰게 되어 누구라도 재산을 숨기고 탈세하는 것이 어렵다.

이 '재산 바꾸기 소송' 같은 것은 국가사회에서 필요로 하는 경비를 능력이 있는 사람들에게 부담시키는 민주적인 원칙에서 비롯한다. 수혜자가 아니라 능력자가 부담하는 이런 원칙은 이미 솔론에 의해 그 초석이 마련된 것이었다.

또 아테네의 민주정치 하면 추첨제를 빠뜨릴 수가 없다. 이것은 관리나 민중재판소의 배심원 등을 추첨으로 뽑음으로써 권력이 특정인의 손에 집중되는 것을 방지하는 장치이다. 추첨제의 주요 목적은 필요에 따라 강화되는 국가의 기능 및 중앙권력이 특정한 소수집단이 아니라 되도록 많은 사람, 그것도 무작위로 선출된 사람에 의해 행사되도록 하는 것이다. 고위관직 선출의 경우 그 추첨 대상은 엄격하게 인선을 하여 능력 있는 사람들로 구성되도록 했다. 이것은 기득권자의 혈연, 인맥 등이 선거에 영향을 미치지 않도록 하는 데 아주 효과적인 방법이었다.

재판소의 배심원은 사건의 비중에 따라 201, 301, 501, 1001명 등으로 그 수가 달랐으나 추첨으로 결정 되었다. 추첨 대상자들은 당첨 여부를 미리 예측할 수 없을 뿐만 아니라 어느 재판정으로 배정 될 것인지도 미리 알 수 없었다. 재판당일 재판소 앞에서 추첨으로 재판관들을 뽑고 해당 재판정을 배정하기 때문이다. 이와 같은 추첨제는 이른바 '로비'로 인한 부작용을 최소화할 수 있었다.

고대 아테네의 추첨제를 보면서, 우리 한국의 대통령이나 국회의원 선거도 추첨제로 하면 어떨까 하는 생각을 해볼 때가 있다. 그냥 무작위로 뽑는 것이 아니라 각 도별로 유능한 인재를 한 10명 정도 먼저 인선하여 그들을 다 합쳐 추첨 대상으로 하고 그 중에서 한 명의 대통령을 추첨해 내는 것이다. 수가 더 많은 국회의원은 그 추첨 대상의 인원을 더 늘리면 된다.

그러면 한편으로 기존 정치적 조직과 무관하게 유능하고 청렴한 사람이 진출할 수 있는 기회를 갖게 되고, 다른 한편으로는 3선 혹은 4선 국회의원의 딱지를 달거나, 혹은 아버지에게서 아들로 국회의원을 대물림하는 현상도 쉽게 볼 수가 없게 된다.

고대 아테네인이 관직의 임기를 1년으로 하고 또 다른 하고 싶은 사람이 돌아가면서 다 할 때까지 재임을 못 하도록 한 것도 한 사람이 장기적으로 권좌에 머물 수 없도록 한 조치이다. 아테네인은 일정 지역은 물론 같은 사람이 장기적으로 권좌에 머무는 것을 철저히 경계했다.

아테네 사람들은 국가의 기능이 다소간 강화되는 순간부터 그 권력이 불평등하게 행사되지 않도록 재빨리 대응조처를 취하였다. 인간이라면 누구 하나 예외 없이 빠지기 쉬운 '제 팔 안으로 굽기(제 편 들기)'에 대비하여 제도적 장치를 마련한 것이었다. 아테네 사람들은 너무 영악해서 인간을 신임하지 않았다. 부자는 물론이지만, 학식 있고 덕성 있는 것으로 알려진 사람들도 남을 위해 희생하기보다는 쉽게 자신의 이익을 우선한다는 점을 그들은 잘 알고 있었다.

고대 아테네의 민주정치는 아나키(무정부)적이고 합리적인 정신 위에 이루어진 것으로, 권력은 시민들 각자의 손에 분산되고, 또 그 권력은 추첨제를 통하여 특정인에게 집중되지 않으며, 국가의 부담은 가진 자들이 능력에 따라 부담하도록 했다.

현대 그리스인의 분권과 정치의 지혜

현재 그리스의 행정조직은 3단계로 구성되어 있다. 중앙정부, 지방정부, 토착행정조직이 그것이다. 지방정부는 중앙정부와 토착행정조직을 중개한다. 예산은 중앙정부에서 정하는 것이 아니라 지방정부에서 정하며 중앙정부는 추인만 한다. 다만 중앙정부는 지방 간 불균형을 시정하고 지방 간 차별을 없애기 위해 예산을 형평성있게 배분 조정하는 역할을 한다. 지방정부는 한편으로 토착정부의 뜻을 수합하고 다른 한편으로 중앙정부의 조정 사항을 반영하는 완충지대가 된다. 그리스가 현재 가지고 있는 지방분권권의 행정조직은 1990년대 후반 이후 본격적으로 발달하게 된 것이다.

이런 제도가 발달한 배경에는 우리와는 다른 강하고 끈질긴 무장항쟁의 전통이 있다. 그리스는 1820년대에 오스만 터키의 지배로부터 독립운동을 시작했다. 이것은 1차 세계대전이 끝난 후 1920년대에 와서야 일단락 되게 되었으니 독립운동이 약 100여 년간 지속된 셈이다. 독립은 어떤 통일된 정치적 세력의 일관성 있는 작전에 의하거나 우리처럼 외부 군사력에 의해 하루아침에 갑자기 이루어진 것이 아니라 지방인 스스로의 노력에 의해 점진적으로 이루어졌다. 그래서 현재 그리스에서는 각 도(道) 마다 서로 독립기념일이 다르다. 그만큼 지역 무장 게릴라의 전통이 강한 것이다.

그 후 2차 세계대전 당시 이탈리아와 독일 추축국이 그리스를 침공했을 때 이들에게 강력하게 저항했던 것이 바로 지방의 전통적 게릴라들이었다. 독일 히틀러는 번개작전을 구사하여 그리스를 친 다음 바로 소련으로 진주하려고 했다. 그러나 그리스인의 저항은 히틀러가 생각했던 것보다 훨씬 강했고 여기서 발목이 잡힌 히틀러는 제 때에 소련을 공격하지 못하여 차질을 빚게 되었다.

그리스인들은 2차 세계대전의 숨은 공로자가 자신들이라고 생각하곤 한다. 이런 그리스 게릴라의 전통은 위정자들에게 의지하기보다는 온갖 현안을 스스로의 손으로 해결해나가려는 자유 시민의 전통을 잇는 것이기도 하다.

그리스인들은 사회적 현안을 해결해나가는 데 있어서 우리보다 더 지혜롭고 적극적이다. 2000년대 중반 우익정부 때에 사라져서 지금은 없으나 그리스에는 '보수공정위원회' 같은 것이 국회에 상임기구로 있었다. 이것은 적어도 국가 관련 기관에서 일하는 사람들의 보수가 형평성에 맞는지를 항시 감시하는 곳이다. 보수가 너무 많은 사람이나 너무 적은 사람이 없도록 하려는 것이다. 대통령, 장관, 대단한 이사(理事)라고 해서 터무니없이 봉급이 많아지는 일이 없도록 하고, 또 비정규직 강사라고 해서 터무니없이 적은 보수를 받는 일도 없도록 한다.

내가 아는 바로, 그리스에서는 능력이 있어 높은 자리에 올라가서 명예를 얻으면 그 자체가 보상이 되는 것으로 봉급까지 많이 받도록 하지는 않는다. 능력이 있는 사람은 봉사를 많이 하는 것이지, 보수를 많이 받는 것과는 무관하다. 보수는 기본적인 생활을 할 수 있는 선에서 지나치지 않을 만큼의 보상을 더 하는 정도까지 형평성을 고려하여 지급하는 것을 원칙으로 한다. 기본적으로 돈으로 모든 가치를 재단하는 사회가 아닌 것이다. 그러니 자연히 우리나라에서 볼 수 있는 정규직 교수와 비정규직 강사 간에 보이는 엄청난 보수의 차이, 상식으로 이해가 되지 않는 이와 같은 사회적 차별이 그리스에서는 존재하지 않는다.

과정을 마치고 각종 학위를 받을 때 졸업생들은 배운 지식으로 사회에 봉사할 것을 선서한다. 지식을 이용하여 남달리 돈을 많이 벌겠다는 것이 아니라 널리 이로운 이른바 '홍익인간'이 되겠다는 뜻이다.

또 그리스에서는 일정 단계의 고위공무원은 자신이 최근 임직했던 곳에서 국회의원 등의 선출직에 출마할 수가 없다. 그 거치기간은 2년 8개월이다. 이런 규정은 선거에 권력과 인맥을 가동하지 못하도록 철저하게 봉쇄하는 것이다.

오늘날의 그리스 민주정치

고대 그리스인의 아나키적 정신은 사라지지 않고 오늘날의 그리스 사회에서도 찾아볼 수 있다. 예를 들면, 그리스인은 문제가 생기면 경찰 등의 국가권력에 의지해서 해결하려는 생각보다는 우선 스스로 해결하려 한다. 그리스의 〈경찰학 원론〉에는 다음과 같은 원칙이 있다.

"자기 일은 자기가 알아서 처리한다, 그래도 해결이 안 될 때는 경찰이 개입한다."

이런 원칙이 있는 것을 알고는 몇 십 년 서장으로 있던 대학

동기가 깜짝 놀랐다. 우리는 억울한 일을 당해도 정당방위의 권한을 제자리에서 행사하기보다 경찰을 부르고 거기다 위임함으로써 선량한 시민으로서의 할 일을 한 것처럼 떳떳해 한다.

그러나 그리스인은 모든 사람이 이른바 '시민경찰'이 되어 경찰이 할 일을 도와줘야 한다고 생각한다. 위정자와 일반 국민 모두가 사회기강과 법질서를 확립하는 데 함께 동참하고 협조하는 것이다. 위정자만 권력을 행사하는 것이 아니라 '시민경찰'이 동참하기 때문에 이 또한 아나키적 권력의 분산이다.

사실 한정된 수의 경찰이 사회에서 발생하는 크고 작은 모든 문제를 해결해주기를 바란다면 그 자체가 무리인 것이다.

시민 정신은 경찰 뿐 아니라 군인, 교사, 의사의 역할에도 적용된다. 국방은 군인만 하는 것이 아니라 여차하면 국민 모두가 나서야 한다. 임진왜란 때도 농민, 스님 등으로 구성된 의병들이 나라를 지켰다.

지식을 교사들이 전유하다고 생각하면 오산이다. 교사들도 만능이 아니므로 교사가 완벽한 지식을 갖추어주기를 바라는 것은 헛된 꿈이다.

의사도 그러하다. 의사가 있는 병원에 가기만 하면 병이 나을 것이라고 생각하는 것은 잘못이다. 병원은 만병통치약이 아닌 것이다. 경찰이 모든 범죄를 해결할 수 없듯이, 의사도 만인의 건강을 책임질 수가 없다.

자신의 안전, 지식, 건강은 다른 누가 지켜줄 수 있는 것이 아니라 그 일차적 책임은 자신에게 있다. 시민 정신은 스스로 경찰, 군인, 교사, 의사의 역할을 행하는 것이다. 그래서 안 될 때에는 전문가에게서 도움을 받을 수가 있겠다.

이 말을 거꾸로 돌려보자. 만일 정치가, 경찰, 군인, 교사, 의사가 배타적인 권위의식을 가지고 비전문가의 자발적인 협조를 인정하지 않는다면, 스스로 질곡에 빠지게 된다. 그 많은 사람들의 사정을 소수의 전문가들이 어떻게 다 헤아릴 수 있을 것인가? 결국, 모든 이가 자신의 일을 스스로 해결함으로써 사회적 부담을 줄일 수가 있는 것이다.

우리는 다 스스로 정치가도 되고 경찰도 되고 군인도 되고 교사도 되고 의사도 되어야 한다. 시민정치가, 시민경찰, 시민전사, 시민교사, 시민의사가 되는 것이 시민의식이다. 그래서 비전문가 시민들이 소수의 전문가들을 도와서 부담을 덜어주고 또 독선하지 못하도록 감시도 해야 한다.

자기 일은 스스로 알아서 처리하는 그리스인의 자유 시민 정신은 여전히 봉건적인 전통이 강한 우리 한국인에게는 다소간에 낯선 것이라고 하겠다. 119, 112 등에 전화만 하면 만사형

통할 것 같고, 또 병원에만 가면 병이 나을 것 같은 생각을 갖는
사람이 우리 가운데 적지 않기 때문이다.

그리스인은 자신의 이익은 스스로 지켜야 한다는 것을 잘 알
고 실천하는 사람들이다. 왕도, 사또도, 대통령도, 경찰도, 군인
도, 선생도, 의사도 아닌 나 자신이 스스로 알아가고 스스로를
지켜나가야 한다는 정신을 실천하는 그리스인이야 말로 고대
신화의 영웅의 후손이요 자유 시민의 후예들이다.

고대 그리스 신화의 영웅은 남을 지배하거나 남보다 더 부유
해서 추앙을 받는 존재가 아니라, 부딪친 어려움을 스스로 잘
극복해나가는 인간상을 뜻한다.

한편, 그리스 현대사의 비극은 우리와 닮은 데가 있으나 차이
점이 있다.

우리 한국과 같이 그리스는 2차 세계대전 후 외세의 개입과
좌우익 간 충돌로 인해 동족상잔의 비극(1945~1949)을 겪었
다. 그 후 1967~1973년 군부 쿠데타를 일으킨 파파도풀로스
에 의해 우익 독재정부가 수립되었다. 이때, 우리의 4.19 학생
의거 같이, 1973년 가을 아테네 공과대학교 학생들이 봉기하여
흘린 피의 대가로 독재정부가 무너지고, 전통의 왕정이 폐지됨

과 동시에 콘스탄티노스 카라만리스를 수상으로 하는 우익 공화정부(1974~1980)가 들어서게 된다.

이때 카라만리스는 1949년 이래 금지되어 지하로 들어갔던 공산당(KKE)을 합법화함으로써 이념상의 좌우를 가리지 않고 약 25년 만에 민족의 화합을 이루어냄으로써 오늘날까지 그리스인의 존경을 받고 있다. 그는 1990~1995년에도 그리스 제3공화국의 원수(대통령) 직을 지냈다.

모 국립대학교 교수공채 지원

유학을 마치고 귀국한 다음 18년 동안을 대학에 취직하려고 무지 애를 썼다. 교수공채 기회가 있을 때마다 서류를 제출했으나 매번 헛손질만 했다. 2007년 가을에도 경남 모 국립대학교 교수공채에 응모했는데, 공채 과정은 예정된 기한을 넘겨 2008년 1월에서 6월까지 여섯 달 간에 걸쳐 진행되었다.

나는 1995년도 문화체육관광부 우수도서가 된 박사논문 한글 번역본, 그리고 10년에 걸친 결실로 대우재단 학술 시리즈에서 나온 약 1,000쪽에 달하는 책을 연구업적으로 제출했다. 그런데 나중에 정보공개 신청을 통해 알아낸 사실은 대우재단 학술시리즈에서 나온 책은 학술서가 아니라고 하여 아예 교무처에서 제외해버렸는데, 그 과정도 정해진 규정에 따른 교내외 심사위원의 평가에 의했던 것이 아니라, 아예 그런 과정을 생략하고 막무가내 빼버린 사실이 드러났다.

다른 업적에 대한 심사에서도 심사위원 학과교수들 6명 중 4명이 내가 제출한 모든 책과 논문에 대해서 최하점 처리를 했다. '묻지마 최하점'이었다. 박사학위 논문의 한글 번역본이 문화체육관광부 우수도서로 선정되었는데도 박사학위 논문이 최하점이었고, 학계에서 공인된 최고 잡지에 실린 논문에 대해서도 그랬다.

이해가 안 되는 것은 서양사 교수를 뽑는데 심사위원이 된 학과 교수들 중 서양사 전공자는 하나도 없고 모두가 국사와 동양사 전공자들 뿐이었다. 국사와 동양사 전공자들이 서양사 연구 업적을 심사하면서 4명 모두가 최하점 처리를 한 것이었다. 무슨 억하심정이 있었는지 ......

그보다 더 기가 찬 것은 공개강의 과정이다. 월요일로 공개강의 일정이 잡혔는데, 바로 전 날인 일요일 오후, 그것도 심사과정을 주관하는 대학교 부서가 아니라 해당 학과장이 내게 개인적으로 전화를 했다.

"내일 공개강의를 하지 않으니 오지 마십시오."

아니, 일요일 오후에 ..... 그 때 나는 대중목욕탕에서 막 목욕을 끝내고 나와 옷을 입다가 그 전화를 받았다. 결국 공개강의는 예정된 날 이루어지지 못했다.

심사과정이 심사자에게 노출되어서는 안 되는 판국에 심사자가 교수공채 후보자에게 자의로 공개강의를 하러 오지 말라고 통보한 것이다. 나중에 알고 보니 심사과정을 은밀하게 비밀로 유지해야 할 인문대학 행정실에서 채용후보자의 정보를 학과장에게 불법적으로 누설한 사실이 드러났다.

우여곡절 끝에 한 달 늦게 공개강의가 이루어졌는데, 그 날 학과교수 4명이 단합하여 점수표를 제출하지 않는 방식으로 심사과정의 진행을 방해했다.

이 때문에 대학 본부 인사위원회가 두어 번이나 열려서 심사과정을 진행하도록 종용하게 되었다. 1월말에 심사결과가 후보자에게 통지가 되어야 하는 것이었으나, 내 경우는 이런 와중에 너덧 달이 늦어 5월 말이 되어서야 총장 면접을 한다고 통지가 왔다. 그리고는 총장면접에서 인성 평가의 형식을 거쳐서 나를 탈락시켰다.

총장 이하 본부 보직자 및 인문대 학장 등 5명 심사위원이 5개 항목을 두고 평가를 했는데, 4명이 불합격으로 처리했다. 5개 항목은 ① 자기정체성, ② 국가관, 봉사정신, ③ 애교심, 정착성, ④ 인격, 품성, 지도력, ⑤ 교육자적 자질이었다.

'짜고치는 고스톱'이란 말이 있다. 우수 또는 양호가 3항목 이상이어야 된다고 해놓고 4명이 똑같이 2개 항목에만 우수 또는 양호에 표시를 하여 탈락시킨 것이다.

후보자인 내가 보잘 것 없고 쓰레기 같은 인간으로 보여서 그랬나?

어이없는 사태에 직면하여 나는 대학교를 상대로 정보공개 청구를 하고 행정소송에 들어갔다. 법정이라는 곳이, 적어도 내가 느끼기에는, 무슨 논리로 재판을 하는 것이 아니었다. 서류상 명백하게 증명되는 사실을 아무리 떠들어봐야 판사는 마이동풍이었다.

10년 이상을 심혈을 기울여 대우학술총서로 나온 약 1,000쪽에 달하는 학술서는 그로부터 두어달 뒤에 문화체육부 우수학술도서로 선정되었다. 이 책을 학술서적이 아니라고 본부 교무처에서 제외시켰고, 또 그 과정에서 심사규정에 명시한 교내외 평가자의 서류도 존재하지 않는다는 사실을 아무리 떠들어봐야 마이동풍이었다. 대한민국이 법치국가인가?

4

마피아의 나라 : 사법기관과 모 병원

어머니의 의문사를 규명하려고 하는 이 자랑스럽지 못한 사건에서 주변 사람은 거의 나를 기피했다.

마음으로 도와주는 사람이 드문 가운데 지금까지 5년간 하나하나 알아온 것, 그 중에서 사회적으로 함께 새겨볼 필요가 있다고 생각되는 부분을 여기에 담았다.

공인된 국가 조직이 권력을 빙자하여 진실을 외면하는 한 예를 목격할 수 있기 때문이다.

경찰의 부당수사

부검의사 대상의 수상한 수사보고서

경찰의 수사 절차와 내용은 상식적으로 이해가 안 되는 것이었다.

경찰은 2009년 9월 14일 고소인인 나와 처음 통화하여 고소사건이 접수된 사실, 담당경찰관이 누구라는 사실 등을 알려주고 구체적으로 고소인 조사 날짜는 추후 연락하여 정하기로 했다.

그런데 그 이튿날 경찰이 바로 부검의사를 찾아가서 물었다고 한다.

"영양제 일시 투약 정지로 사망할 수가 있는지, 있다면 부검 시 그러한 결과도 검출되는지요?"

이 질문에 부검의사는 다음과 같이 대답한 것으로 되어 있다.

"사망 진단서에 난소암과 뇌경색으로 나타나 있기 때문에 결과는 뻔하지만 본인이 원한다면 어쩔 수 없을 것 같다며 지휘 받아 처리하는 것이 바람직할 것입니다."

수사보고서에 나오는 내용이다.

아니, 사람이 목에서 검은 진물을 토하고 죽었다고 하는데도 경찰은 엉뚱하다. 링거액 주사 바늘을 조기에 제거하면 부검에서 그 증거가 나오게 되나?

부검의사의 대답도 이상하다. '지휘 받아 처리하는 것'까지 간섭을 하고 있기 때문이다. 이런 일은 의사가 아니라 바로 경찰이 하는 것인데 …… 참 이상한 의사이다.

이런 내용을 담은 부검의사 대상 수사보고서는 날짜 이외에는 아무런 정보가 없다. 경찰이 부검 의사를 만난 시각, 장소, 방법 등이 전혀 기재되어 있지 않다. 복사본에는 부검의사 이름 석 자가 가려져 있을 뿐, 구체적 신원, 직위, 면허번호 등이 전

혀 없이 문시로시의 요건을 결여한 것이었다. 도대체 그가 어느
정도 공신력이 있는 부검의사인지조차도 알 수가 없는 것이다.

또 부검의사는 지레 짐작으로 단정하기도 했다.

"사망 진단서에 난소암과 뇌경색으로 나타나 있기 때문에
결과는 뻔하지만 ....."

부검의사는 시체검안서 내용도 잘 이해를 못하고 있는 것이
다. 시체검안서에는 뇌경색은 직접사인, 중간사인, 선행사인 그
어느 것과도 무관하며, '그와 관계없는 기타 신체상황'으로 기
재되어있을 뿐이기 때문이다.

그런데 병원 부검의사가 한 것으로 되어있는 이 진술과 같은
내용이 바로 경찰 및 검찰의 '불기소 이유통지서'의 내용에 그
대로 연결되고 있다. 경찰은 신원이 정확하게 밝혀져 있지 않은
이 부검의사와 같은 맥락에서 실수를 하고 있는 것이다.

"피해자의 사인은 난소암 등으로 인한 뇌경색에 의심의 여
지가 없다."

그리고 거기에 첨부된 〈수사 결과 및 의견〉의 마지막 '종합'

의견도 마찬가지이다.

"시체검안서와 고소인 외 다른 유족의 진술로 보아 피해자
의 사인은 난소암, 복막암, 뇌경색에 의심이 없다."

이런 수사 의견은 사망원인이 '난소암'으로 되어 있는 병원
의 시체검안서 내용과도 맞지 않다.

9월 15일자 부검의사를 대상으로 한 수사보고는 편철순서도
뒤바뀌어 있어, 9월 14일 문건 다음에 와있다. 그 앞에 와야 하
는데 .....

수사 보고서에 따르면 경찰관은 조사 담당자가 자신이라는
사실을 처음 고소인에게 알려주고 난 다음 바로 그 이튿날로 병
원 부검 의사를 만나러 간 것으로 되어 있다.

고소인 조사도 하기 전, 또 담당자가 누구라는 것을 알려준
바로 그 이튿날, 부검 의사부터 찾아가다니..... 상황 파악도 안
된 상태에서..... 그것도 담당 주치의도 아닌 부검 의사를.....

그때는 고소인인 나를 처음으로 조사할 날짜도 정하지 못하
여 "월, 화요일 중에서 택일하여 다시 연락을 취하기"로 했던
것이다. 이 전화를 받을 때 나는 부산에 있는 직장의 사무실에
있었다.

정작 이런 순서로 수사가 이루어졌다면 관례에서 한참 벗어 난 것이라 하지 않을 수가 없다.

이 사건은 현재 살아있는 사람 간에 벌어지는 상해폭력 등과 는 무관하고, 이미 사망하여 매장된 어머니의 의문사를 규명하 기 위해 시체검안서 등이 제출되어 있는 상황이었으므로, 시초 를 다투어 병원 의사들을 만나야 하는 상황도 아니었다.

더욱 의심쩍은 것은 경찰이 의사를 만나러갈 것이라고 내게 말한 것은 그 후인 10월 초경이었다.

내가 2009년 9월 21일 첫 조사를 받고 난 다음 수사가 진행 되는 과정에서 담당경찰관이 나와 전화로 통화를 한 적이 있다. 10월초 경이었던 것 같다. 그때 경찰관이 말했다.

"곧 병원으로 가서 담당의사와 간호사를 만나볼 것입니다. 다 녀와서 연락을 하겠습니다.'

그래서 나는 기다렸으나 아무런 연락이 없었다. 며칠 뒤에 내 가 경찰을 찾아갔을 때는 이미 불기소처분해서 검찰로 서류를 송치하고 난 다음이었다.

당시의 정황으로 본다면, 경찰이 병원 의사를 만난 시점은 간호사를 만난 것과 같은 날, 10월 6일 경인 것이 더 자연스럽다. 간호사를 만난 것은 10월 6일인데, 왜 부검 의사를 만난 것은 9월 15일일까?

또 왜 경찰은 담당 의사나 전문 의료진의 소견을 한 번도 구하지 않고 부검의사만 찾아가서 엉뚱한 질문만 한 것일까?

목차에도 누락된 수사보고서

거기다 이 수상하기 짝이 없는 부검의사 대상 수사보고는 전체 보고서 목차에서는 아예 누락되어 있다. 결국 이것은 목록상에는 존재하지도 않는 서류로서 목차를 통해서는 찾을 수 없도록 은폐되어 있었던 것이었다.

실제로 내가 '병원 의사 대상 수사기록의 존재여부'를 확인해달라고 민원을 넣었을 때, 민원 담당자는 처음에,

"그런 문건은 존재하지 않습니다."

라고 전화로 통지해왔다. 목차에 없으니 쉬 찾을 수가 없었던 것이다.

그래서 내가 다시 부탁을 했다.

"당시 경찰관이 분명히 병원으로 조사를 간다라고 했으므로 관련 서류가 있을 것이니 잘 찾아봐 주십시오."

그러자 민원 담당자는,

"그런 문건은 존재하지 않으니 확인하고 싶으면 직접 와서 보십시오."

했다. 그래서 내가 이틀 정도 지난 후 민원실로 가서 함께 자리한 가운데 민원 담당자가 직접 한 장 한 장 넘기면서 확인한 결과로 마침내 어렵사리 찾아내게 된 것이 바로 경찰이 부검 의사를 만난 이 수사보고서이다.

문건이 목차에 누락되어 있을 뿐 아니라, 편철 순서도 잘못되어, 9월 15일자 〈수사보고〉가 9월 14일자 〈진술서〉보다 이른 시점에 편철된 사실은 거기에 담겨있는 내용상의 여러 문제점과 연관시켜볼 때 그 서류의 진위에 대한 의혹을 증폭시키고 있다.

더구나 의사가 한 것으로 되어 있는 "지휘 받아 처리하는 것이 바람직하다."라는 발언은 의사가 아니라 경찰이 하는 것인데……

두 사건이 같은 날 중복 발생한 의문

나는 고소장은 우편으로 발송했으나, 그 후 9월 14일 제출된 것으로 되어있는 추가 〈진술서〉는 내가 기억하기로는 경찰서로 직접 가서 건넸던 것이다.

그런데 경찰의 수사 기록에 따르면, 같은 날 오후 5시 40분경 담당경찰관이 나와 전화 통화를 하여 고소장 접수사실 및 담당자인 자신을 내게 소개한 것으로 되어 있다. 나는 이 전화를 받은 날짜는 기억하지 못하지만, 전화 받은 장소는 분명히 기억하고 있는데, 그것은 대구가 아니라 부산에 있는 학교 연구실이었다. 고소한 이후 처음으로 담당 경찰이 연락해 온 것이라 뜻밖의 반가운 마음으로 그 전화를 받았기 때문이다. 그 날 내 연구실 창으로 들어오던 오후의 어슴푸레한 조명까지 새삼스럽고, 의자에서 일어나서 "예, 예"하고 대답했던 기억도 새롭다.

문제는, 어떻게 내가 같은 날 추가 진술서를 직접 제출하기 위하여 모 경찰서에 있기도 하고, 또 경찰관으로부터 걸려온 전화를 부산의 연구실에서 받을 수가 있었는 지 오리무중으로 이해가 안 된다.

또 다른 〈수사보고〉의 편철 순서상의 문제점

수사기록의 편철이 잘못된 것은 이 뿐만이 아니다. 내 여동생과 남동생을 참고인으로 한 〈수사보고〉는 2009년 9월 27일 이루어진 것인데, 이것이 9월 28일자 피의자인 김수인 대상 신문조서는 물론, 10월 6일자 병원 간호사 대상 수사보고 다음에 편철되어 있는 것이다. 날짜 순서에 따르면 이 두 문건 앞에 와야하는 것인데 ......

수사보고서가 날짜 별로 편철되어 있지 않고 순서가 전도되어 있는 것이다.

경찰의 부실 수사

경찰은 나와 내 가족의 진술서를 받는 것을 제외하고는, 명색이 수사라고 하는 것을 딱 2건 했다.

하나는 병원 부검의사를 만나서 부검과 무관한 것으로, 이치에도 맞지 않는 엉뚱한 질문을 한 것이다.

"링거액을 조기에 제거한 것이 부검하면 증거가 나오는지요?"

다른 하나는 병원 간호사를 만난 것이었는데, 그 간호사의 진술을 토대로 경찰은 다음과 같이 수사의견을 피력했다.

"링거액을 사전에 제거해도 생명에는 지장이 없다."

당시 어머니는 정상인이 아니라 식도가 아파서 3주간 음식을 못 먹었고 마지막 1주일간은 물도 목구멍으로 넘어가지 못하고 바로 되올라와서 체내에 수분까지 완전히 고갈된 예외적 상태였다. 그런데도 경찰은 상황을 일반화하여 그냥, "링거병을 조기에 뗀다고 사람이 죽는 것이 아니다."라고 결론지었다.

더구나 경찰은 어머니가 죽기 3일 전 병원 간호사가 어머니에게 설치한 링거액을 간호사가 나가자말자 제거한 행위를 완전히 은폐하고, "수액이 다 들어간 다음에 뗐다."라는 수인의 말을 검증 없이 그대로 인용하여 무혐의 처리했다.

검은 진물과 피를 토하고 죽은 정황의 무시

5년 전인 2009년, 어머니가 죽은 지 한 달 후부터 나는 의문사 규명을 위해 경찰에 고소장을 냈다. 그러나 경찰은 번번이 증거불충분으로 불기소 처분했다.

"망인이 난소암으로 죽은 것에 의심이 없나."

그런 가운데 내가 알게 된 사실은 병원에서 내린 '난소암' 자체에 확증이 없다는 사실이었다. 2, 3차 고소 때는 이런 사실을 고소장에 써냈는데도, 결과는 여전히 같았다.

4년째 되는 2013년 부득이 병원 의사 7명을 고소하기에 이르렀다. 병원에서 확증도 없이 내린 난소암 진단 때문에 의문사 규명이 번번히 좌절되었기 때문이다.

그런데 검사는 모 의사협회에 의견을 구하는 의뢰서를 보내면서 이 사건을 한시적으로 기소중지 처분했다. 의뢰한 질문은 '난소암인가, 아닌가?' 하는 것이었을 뿐, 어머니가 검은 진물을 토하며 죽은 증상은 여전히 간과되었다.

두 달 정도 지난 다음 의사협회의 의견서가 왔고, 사건이 재개 되었는데, 재개된 지 석 달여 만에 증거불충분 불기소 처분되었다. 의사협회에서는 병원측의 '난소암' 진단에 대해 '적절한 판단'인 것으로 결론지었을 뿐, 확증을 적시하지 못 했다.

국민 신문고에 제출한 진정서의 무시

2003년 12월 31일 나는 〈국민신문고〉를 통해 '국민권익위원회'에 진정서를 제출했다.

검은 진물과 피를 토하고 죽은 사실은 난소암으로 설명이 되지 않으며 난소암 자체의 확증도 없다는 사실, 그리고 그 동안 경찰이 부당수사 했음을 밝히고 어머니의 의문사를 규명해 달라는 것이었다.

이 진정서는 대검찰청을 통하여 지방검찰청으로 하달되어 약한 달 만에 검사가 배정되었다. 그러나 병원 의사를 피고소인으로 하는 사건으로 편철되는 과정에서 잘못되어 실종되어 버렸다. 이미 기소중지되어 폐기된 2013년 사건에 편철 되었던 것이다. 사실은 편철되기 보름 전에 병원 의사고소 사건은 2014년의 새 사건 번호가 부여되어 이미 재개되어 있었는데도 검사는 이 사실을 간과한 것이다.

의사를 고소한 사건이 지방검찰청에서 불기소처분 된 후 나는 진정서를 종결된 사건에 편철하여 휴면하게 한 담당 검사를 찾아갔다. 먼저 검사실의 여자 사무직원에게 왜 진정서가 증발되어 수사에 반영이 안 되었느냐고 물었다. 그랬더니 그 여직원이 말했다.

"옆 방 검사실로 갖다 주었어요. 그러니까 진정서가 증발된 것은 아니지요. 나는 또 서류가 없어졌다고 하는 줄 알고 깜짝 놀랐네 ...... 옆 방에 있다고요."

그런데 그 옆방이라는 것이 그때 이미 일단 사건을 종결한 담당검사는 다른 곳으로 전출하고 없었고, 새 검사가 와있는 곳이었다. 사건의 전말을 알고 있는 담당검사가 없는 마당에, 진정서가 종결된 사건에 편철되어 옆방에서 잠을 자고 있었던 것이다.

그런데 그 여직원의 주장은 진정서를 없앤 것이 아니라 아무튼 자기는 편철을 했다는 것이었다. 그래서 내가 말했다.

"아니, 서류를 갖다주기만 하면 됩니까? 바로 갖다 줘야지. 벌써 2주 전에 사건이 재개되었는데, 왜 바로 편철하지 않고 종결된 사건에 편철해서 잠을 자게 해요? 이거 검사 도장이 찍혀 있고, 서류가 잘못된 사실을 담당 검사도 알고 있어야 할 것 같으니 말을 하도록 해주세요."

여직원은 당혹스런 표정을 짓더니 건너 편 책상에 있는 검사에게로 나를 안내했다. 검사는 내가 수차례 고소와 항소를 한 사실을 어렴풋이 알고 있었다. 내가 편철이 잘못된 사실을 말하고 경찰의 부당수사에 대한 진정서가 이번 사건 수사에 반영되지 않은 사실에 대해 항의를 했다. 그러자 검사가 하는 말이 또 가관이다.

"부당수사는 경찰, 검찰의 내부 규율문제이지 진정인이 간여할 일이 아닙니다."

나는 이런 검사의 태도를 이해할 수가 없었다. 경찰이 수사를 부당하게 하여 5년간 의문사를 규명하지도 못하고 그 피해를 고스란히 국민이 보는데도 어떻게 이것이 경찰, 검찰의 내부 규율 문제에 그친단 말인가?

진정서에 대한 검찰의 형식적 조사

경찰이나 검사는 정말 한글을 못 읽는 것일까?

2014년 6월 30일 국민권익위원회에 또 진정서를 냈다. 그 내용은 5년 전 경찰이 작성한 수사보고서가 형식도 갖추지 않고 그 내용도 수상한 점, 의료진의 소견도 인용하지 않고 난소암, 복막암, 뇌경색 등으로 어머니가 죽은 것이 확실하다고 자의적으로 단정한 점, 또 검은 진물과 피를 토하고 죽은 정황을 깡그리 무시했던 점 등에 대한 것이었다.

그런데 검찰은 재조사 없이 최근 2014년 8월 11일자로 진정 사건을 종결 처분했다.

"번복할 만한 새로운 증거가 발견되지 않는다."

이미 제출한 자료도 다 소화 못하면서 새 자료까지 요구 하다니!

:

병원과 모 의사협회의 증거 없는 '판단'

두 가지 상반된 병명의 공존

어머니는 2009년 4월 병원 혈액종양과에서 난소암 진단을 받았는데 이것은 혈액검사 수치에 기초한 추정이었다. 그뿐 아니라 그 3주전인 3월말 소화기내과에서 처음으로 '원발부위 알수 없는 복막전이 소견' 진단이 날 때도 확진이 아니었고 '소견'에 불과했다.

"암인지 확실하지 않으나, 복막이 좀 두꺼워보이니 복막전이 소견을 내놓고 원발부위를 찾아봅시다."

그러나 그 후 위장 및 대장내시경 검사에서 암의 원발 부위는 끝내 발견되지 않았다. 그래서 혹 혈액에 암이 있는지를 검사하기 위해 어머니는 혈액종양과로 이관되었다.

이렇게 처음에 '원발부위를 알 수 없는 복막전이 소견'으로 나온 병명은 확진이 없는 추정이었으나, 그 원발부위는 영영 발견되지 않았고, 추정에 불과하던 병명이 날이 가면서 '복막전이' 자체로 확정되게 되었다.

우습게도 어머니가 사망하기 한 달 전까지도 병원 기록에는 두 가지 모순된 병명이 공존했다. 하나는 '원발부위 알 수 없는 복막전이', 다른 하나는 원발부위를 '난소'로 설정한 '난소암 및 복막전이'가 그것이다.

혈액종양과에서 내린 '난소암' 진단

어머니의 '난소암' 진단은 부인과가 아니라 혈액종양과에서 혈액검사 수치를 통해 내린 추정에 의한 것이었다.

병원 측에서는 어머니의 사망 사유가 난소암에서 복막전이가 오고, 복막전이에서 복수가 생겼으며, 그로 인해 암이 식도로

전이되어 식도 통증이 온 것이라고 주장하고 있다.

그런데 기가 막히는 것은 이 모든 것, 난소암도, 복막전이도, 식도전이도 모두 추정에 의한 것인데다가 심지어 복수가 차는 원인도 병원에서는 밝히지 못했다.

그런데도 검찰에서 소견을 의뢰한 모 의사협회에서는 이런 병원 측의 확증 없는 '판단'을 '적절한' 판단으로 옹호하고 나섰다. 의사협회의 '소견서'에도 병원 측의 주장과 같이 그저 '판단'이라고 할 뿐 어디에서도 난소암의 확증이 있다는 언급은 없다.

병원 측의 이런 근거 없는 주장에는 어머니가 죽기 직전 약 7일 동안 식도에서 검은 진물을 토한 사실을 완전히 배제하고 있다.

암이 식도에 전이 된 정황이 전혀 포착된 바가 없을뿐더러, 만일 암이 전이되어 식도의 정맥 파열이 왔다면 선지피를 토하는 것이지, 검은 진물을 토하지는 않는다. 어머니가 사망 전 수일간 토해낸 검은 진물은 식도 정맥파열과 무관하게 식도의 세포가 타서 나오는 찌꺼기일 가능성이 있다고 한다.

또 병원 측의 주장에는 검진의 순서도 왜곡되어 있다. 병원 측은,

"대장 및 위 내시경, 혈액검사, 복수검사, PET/CT 결과를 모두 종합하여 '난소암 및 복막전이' 진단을 내리게 된 것으로, 이와 같이 진단하는 데 아무런 과실이 없었다."

라고 주장하고 있으나, 실제로 병원 측이 난소암 진단을 내린 것은 PET/CT 검사가 이루어지기 전이었다.

난소암 진단은 4월 16일 혈액검사를 바탕으로 혈액종양과에서 이미 내려놓고 있었고, PET/CT 검사는 그로부터 약 5일 후인 4월 21일 이루어졌기 때문이다. 그리고 PET/CT 검사 자체에서는 난소암을 입증하는 자료가 없음에도, 미리 주어진 임상 정보에 따라 기존의 병명을 차용하여 PET/CT 검사 결과지에 그대로 적게 된 것이다.

더구나 난소암 진단을 내린 혈액종양과 과장은 소화기내과에서 처음 어머니를 환자로 넘겨받을 때부터 실수를 한 것이 있었다. 소화기내과에서 시행한 대장 내시경 검사지에 '뚜렷한 병변이 없다'고 영문으로 기록되어 있는 것을 잘못 인식하여 '암세

포가 있는 것'으로 허위 사실을 기재하기 시작했던 것이다.

이렇게 어머니는 복막에도 대장에도 난소에도 암이 있는 환자가 되어버렸다. 혈액종양과 과장 자신이 어머니를 암 환자로 인식함으로써 이후 병원 내에 자신의 근거 없는 인식을 확산, 고착시키는 결과를 초래했다.

독일 모 대학병원의 핵의학과 과장은 어머니의 PET/CT 검사에서는 악성종양의 존재를 증명하는 것은 없으며, 종양 자체가 있는지 없는지를 단정적으로 말할 수가 없다는 견해를 밝힌 바 있다. 난소암 뿐 아니라 복부의 다른 기관에서도 악성종양이 있는지 없는지 하는 것조차 PET/CT 검사에서는 증명이 되지 않는다는 것이다.

병원 측 진료의 거부

이렇게 확증 없는 병명을 기정사실화한 병원 측은 어머니 사망 한 달 전인 7월 갑자기 병세가 악화되자 난소암 때문에 그런 것으로 간주하고 더 이상의 진료와 치료를 거부했다. 2009년 7월 14일 편안하게 복수를 치료하기 위해 혈액종양과 주치의의 권유로 어머니가 호스피스 병동에 하루 입원했을 때, 모로 돌아

누우면 아래쪽에 놓이는 한 쪽 발이 교대로 부어올랐다.

그래서 내가 왜 한 쪽 발이 붓는지, 그 원인을 조사해 달라고 하자, 담당의사는,

"말기암 환자는 그런 조사를 안 합니다."

라며 검진을 거부했다.

병원 측이 어머니를 확증도 없이 '말기암 환자'로 간주한 사실은 검찰의 〈불기소결정서〉에 적혀 있는 병원측의 진술에서도 증명된다.

"망인의 콩팥 검사 결과 정상으로 나왔고 말기암 환자의 경
우 부종은 흔히 나타나는 증상이므로 새로이 조사를 하지 않
은 것임."

2009년 7월 22 걸어서 병원에 갔던 어머니가 그 후 바로 거동조차 어렵게 되자, 이틀만인 7월 24일 어머니를 집에 두고 내가 혼자 병원으로 갔다.

"7월 14일 입원했을 때만 해도 병원에서 나오는 음식을 정상으로 먹었던 어머니가 식도가 아파 약 1주일 째 음식을 삼키지

못하더니 이제 움직일 수조차 없게 되었는데 왜 그런지 알 수가 없습니다. 어떻게 해야 좋겠습니까?"

하고 물었더니, 담당의사가

"난소암으로 악화되는 것이라 딱히 어떻게 할 도리가 없습니다."

라고 했을 뿐 아무 조치를 강구하지 않았고, 나는 낭패하여 그냥 집으로 돌아왔다. 병원에서는 아무 것도 할 수 있는 것이 없다고 한다.
그 날 병원 기록에는 병명이 '난소암 및 복막전이'로 되어있고,

"식구가 와서 하는 말: (환자가) 밥맛이 없고 소화가 안 된다."

라고만 기재되어 있을 뿐, 내가 자문을 구했던 '식도통증'에 대한 사실은 기재되어 있지 않았다.

지금에 와서 병원 측은,

"식도 및 위장의 심한 통증 또한 복막전이에 따르는 증상이
라고 환자에게 설명을 해주었다."

고 진술하고 있으나, 당시 '식도 및 위장의 심한 통증'에 대
해 병원 측에서는 전혀 개념이 없었음을 보여주고 있다.

복수(腹水)의 원인을 밝히지 못한 병원

2009년 4월 어머니에 대한 수회 복수 검사에서 1회 암세포가
검출된 적이 있다. 그런데 복수에서 나온 이 암세포는 악성인지
양성인지도 가릴 수가 없는 것이고 이 사실이 난소암을 증명하
는 것은 더더욱 아니다. 정상인도 가끔씩 암세포가 검출된다고
한다.

지금도 병원 측은

"복수가 차는 원인이 난소암 때문이라고 환자와 그 가족에
게 충분히 설명했다."

라고 진술하고 있으나 이는 사실이 아니다.
복수가 차는 원인을 끝까지도 밝히지 못했기 때문이다.

어머니는 7월 들어 갑자기 복수가 늘기 시작하더니 8월 초에 죽었다. 죽기 약 3주 전인 7월 14일 처음으로 바늘을 꽂아 복수를 빼냈는데 그 양이 3리터, 그래도 아직 복수가 많이 남아있었다. 그리고 8일 만인 22일에 다시 2리터를 더 뺐다. 그래도 아직 많은 양이 남아있어서 나는 더 빼내고 싶었으나, 병원 측에서 갑자기 복수를 대량 제거해도 생명이 위험하다고 했다.

마지막으로 복수를 빼던 7월 22일은 어머니가 죽기 약 2주 전이었다.

"도대체 복수가 왜 이렇게 찹니까?"

내가 질문을 했더니 병원 측에서는,

"복수가 왜 차는지 원인을 알 수가 없네요. 신장도 간도 수치가 그런대로 괜찮은데 ..... 혹시 폐에 문제가 있어도 차는 수가 있으니 검사를 한 번 해보도록 하지요."

라며 흉부 X선 검사를 했다. 그러나 폐에도 아무 문제가 없었다. 이것은 병원 측에서도 인정을 하는 사실이다.

"복수가 차고 식도가 아픈 원인을 밝히기 위해 병원 측이 흉부 선 검사를 하는 둥 진료의 의무를 다했다."

고 진술하고 있기 때문이다.

그런데 X선 검사는 식도가 아파서 한 것이 아니라 복수 때문에 한 것이다.

혹여 병원 측 말이 맞아서 식도 통증 때문에 X선 검사를 했다고 치자. 그러면, 식도가 아픈데 식도를 조사하지 않고 왜 흉부 X선 검사를 하나?

아무튼 복수가 차는 원인을 몰라서 혹 폐에 문제가 있는가 하고 흉부 X선 검사를 한 사실은 병원 측에서 그 때까지도 복수가 차는 원인을 밝혀내지 못했음을 증명한다. 그런데 어떻게 그 전에 이미 복수가 차는 원인이 '난소암 및 복막전이' 때문이라고 망자와 그 가족에게 설명해줄 수가 있었단 말인가? 아무 근거도 없는 설명을 ......

병원 측은 우리에게 그런 사실을 설명해준 적도 없을뿐더러 복수가 차는 원인이 '난소암 및 복막전이' 때문이라는 병원 측의 주장 자체도 논리적, 객관적인 근거가 없다.

또 한편으로 병원 측은,

"망인의 콩팥 검사 결과가 정상으로 나왔고, 말기암 환자의 경우 부종은 흔히 나타나는 증상이므로 새로이 검사를 하지 않은 것이다."

라고 진술함으로써, 어머니를 말기암 환자로 간주하고 부종에 대한 검진을 하지 않았음을 밝히고 있다. 그런데도 다음과 같이 스스로 모순된 주장을 하고 있다.

"2009년 7월14일 및 7월 22일 두 차례에 걸쳐 복수를 빼는 시술을 하는 등 망인이 부종, 복수, 식도 및 위장의 심한 통증을 호소하는 것에 대하여 필요한 시술을 하는 등 아무런 조치 없이 방치한 것이 아니다."

암 전문센터의 진료 거부

2009년 7월 7일 우리 식구들은 어머니를 모시고 대구에서 멀리 떨어진 암 전문센터를 찾아갔다. 그 전날 병원에 가서 병원 기록을 복사하고 슬라이드를 빌리고 해서 준비를 한 다음, 택시 운전을 생업으로 하는 오빠의 차를 타고 갔다. 오빠의 아내인 수인, 나, 어머니가 함께 했다.

광주에 직장이 있는 여동생은 학기가 끝나가던 6월 말부터 광주와 대구를 왔다갔다 했는데, 그때는 학교에 일이 있어 광주로 가고 없어 함께 가지 못했다.

원래 진료 받은 병원에서 혈액종양과에 속해 있었으므로, 이 암 전문센터에서도 어머니는 혈액종양과로 이관되었다.

이곳 담당 의사는 원래 치료하던 병원에서 가져온 서류를 대충 보더니,

"그 병원에서 이미 난소암 진단이 났네요. 우리는 그 이상으로 더 잘할 수가 없어요. 그러니 가서 그 쪽 병원에서 시키는 대로 하세요."

라고 했다.

내가 두어 가지 질문을 하고 의사가 대답을 하고, 그렇게 한 5분 정도 만에 우리는 그 방을 나와야 했다. 암 전문센터의 담당의사는 그 전 병원에서 진단한 병명인 '난소암 및 복막전이'를 그대로 따라 적었다.

그로부터 4~5년이 지난 지금에 와서 이 암 전문센터 방문 사실을 두고, 나는 병원 측의 난소암 진단 때문에 타 의료기관도 그 병명을 그대로 차용했고, 어머니가 진료도 받지 못하고 거부

당한 사례의 예로 검찰에 제출했다.

그런데 검찰의 〈불기소결정서〉를 받아보니, 사실의 전말이 거꾸로 전도되어 있었다. 그 전문 암센터가 구체적 진료를 거쳐 동일한 병명으로 진단을 내린 것처럼, 그래서 병원 측의 난소암 진단의 진실성이 확인, 보강되는 것처럼 왜곡되어 있는 것이었다.

아니, 원래 병원이나 암 전문센타에서는 혈액종양과에서 혈액검사 수치로 난소암 진단을 내리나?

자진 퇴원이 아니라 '지시'에 의한 퇴원

검찰은 환자가 원하여 퇴원한 점, 병세가 악화되었음에도 어머니가 병원으로 가는 것을 거절하였던 점 등을 통해 볼 때, 병원 측이 잘못했다고 보기 어렵다고 결론지었다.

그러나 어머니는 막무가내 자진퇴원하여 집으로 가버린 것이 아니다. 병원에서 2009년 4월 16일, 7월 15일 퇴원한 것은 병원 기록에도 '자진퇴원'이 아니라 '퇴원지시'에 의한 것으로 표시가 되어 있다.

어머니는 4월 초에 검사를 위해 일주일 입원한 뒤 퇴원을 했을 뿐이다. 일상생활 하는 데 지장이 전혀 없었으므로 병원에 죽치고 누워있어야 할 이유가 없었다. 그 후에도 담당 의사의 지시에 따라 예약일에 방문했다. 경과가 괜찮았으므로 5~7월 사이에는 한 달, 혹은 한 달 반 정도의 사이를 두고 내원하도록 지시를 받았다.

4월 23일 진료시 경과가 좋았으므로 한 달 반 후인 6월 9일로, 또 6월 9일 내원 시에도 경과가 괜찮다고 다시 한 달 반 후인 7월 21에 오도록 지시를 받았다. 그랬는데, 예약 날짜가 되기 전에 갑자기 복수가 차서 7월 14일에 병원을 미리 방문하게 되었던 것이다.

7월 14~15일 하룻밤 입원한 것도 혈액종양과 과장의 권유로 복수를 편하게 치료하기 위한 것이었고, 입원과 퇴원이 자의가 아니라 언제나 담당의사와의 상의에 의한 것이었다.

어머니가 사망 전 2주 동안 급격하게 악화될 때 병원 가기를 거절한 것은, 불치의 난소암으로 죽어가는 것이라 여겨 병원에 가도 별 수가 없다고 판단했기 때문이다.

실제로 7월 14~15일 입원 시에도 병원 측에서는 어머니를 말기암 환자로 간주하고 발에 부기가 있는 원인을 조사하려 하지 않았다. 더구나 그 이튿날 퇴원시 의사가 말했다.

"단기 입원은 앞으로 하지 말아 주십시오. 서류하는 데만 힘이 많이 듭니다."

이미 병원에서는 어머니의 악화되는 원인이 암 때문이라고 결론짓고 더 이상의 진료를 포기하고 있었고, 또 죽을 때까지 있으려면 오고 아니면 병원에 오지 말라는 뜻이었던 것 같다.

병원에 가도 아무런 진료를 받을 수가 없었고, 그냥 앉아서 죽기를 기다리며 시간만 보내야 하는 것이다.

상황이 이쯤에 이르자 7월 22일 복수를 뺄 때 어머니는 약 10시간 정도나 되는 시간을 외래 응급실에서 기다리며 어렵게 복수 치료를 받게 되었다. 오전에 병원에 도착하여 외래 진료 순서를 기다리기 위해 서너 시간을 바깥 대기석 의자에서 힘들게 기다리고, 또 오후 2시 34분 경 복수 치료를 시작한 다음에는 상태를 보기 위해 밤 9시 경이 될 때까지 응급실에 누워 있다가 퇴원하게 되었던 것이다.

이미 일주일 가량 식도통증으로 식사를 제대로 하지 못한 상황에서 어머니는 입원을 하지도 못했다.

병원 측이 단기 입원을 꺼리는 것을 알게 된 어머니는 병원 가기를 거절했다. 더구나 말기 암 환사로 간주되어 진료를 거부 당하고 방치된 어머니는 삶의 의지를 원천적으로 상실했고, 그때부터 자신이 죽을 목숨이라고 생각하고 병원 가기를 포기했다. 그 주변 가족들도 병원 측의 무관심 앞에 달리 강구할 방법이 없었다.

하는 수 없이 우리는 병원의 가정간호과에 연락하여 간호사를 집으로 오게 했다. 한 열흘 간, 사망하기 10시간 전까지도 어머니는 그 간호를 받았다.

마지막 날 어머니의 손바닥과 발바닥의 혈흔이 섬뜩할 만큼 더 짙어지고 넓게 퍼진 것을 본 간호사가 말했다.

"혈관이 수축되는 것이니 병원 영안실을 알아보는 것이 좋겠습니다."

항암제 치료를 거부했다?

병원의 주장은 이러하다.

"항암치료를 권유했으나 환자가 거절하고 집으로 가버렸다."

그런데 병원에서는 암인지 아닌지도 확실하지 않은 환자에게 항암제를 쓰도록 권유했다. 개복술이나 복강경 시술을 통한 난소 조직검사를 시행한 적도 없었다. 혈액종양과에서 혈액검사 수치, 그리고 수회 복수 검사에서 1회 암세포가 검출된 사실을 가지고 난소암 진단을 내렸고, 아무 근거도 없이 3기 혹은 말기 암 환자로 분류했다. 암이 몇 기에 있는지는 세포조직 검사를 통해야 하는 데도 그런 과정은 전혀 없이 ..... 암세포의 유형이나 확산 정도도 알지 못하는 가운데 무작정 3기로 분류해놓고 항암제 치료를 권유한 것이다.

게다가 의사가 권유하는 항암치료 자체를 어머니가 아예 거부한 것도 아니었다.

2009년 4월 16일 퇴원 당시의 기록을 보면,

"환자가 당장은 보존적 치료를 거부하고 전반적 상황 악화 시에 고려하겠다."

고 되어 있다. 예정된 검사를 마친 어머니는 의사 지시에 의해 퇴원했을 뿐, 악화된 상황에서 막무가내 퇴원하거나 병원치료 자체를 거부한 것이 아니다.

그 해 봄 병원을 찾을 당시 어머니는 복수가 소량 찼을 뿐 정상으로 생활을 했다. 2009년 4월 10~16일 약 일주일간 입원한 것은 몸이 허약해서가 아니라 추가 검사를 위하여 담당의사의 지시에 따른 것이었다. 입원한 동안에도 주치의 허락 하에 거의 매일 외출할 정도였다. 복수를 빼서 검사하던 날 하루만 제외 하고는 ..... 당장에 암 때문에 죽고 사는 절박한 상황이 아니었 다. 그런데 왜 입원을 하고 바로 항암제를 써야만 하나?

의문사 정황

어머니는 사망 한 달 전까지도 생활하는 데 문제가 없었다. 암 전문센터에 걸어서 다녀왔고, 혼자서 동네 모 정형외과에서 손목 물리치료도 받고 왔으며, 7월 초순에는 동네 미용실에 가 서 눈썹 손질기구를 사가지고 왔다.

그런데 어머니는 암 전문센타에 걸어서 다녀온지 일주일 만 인 2009년 7월 14일 원인이 밝혀지지 않은 복수가 차기 시작하 고, 그 이후 곧 식도 통증으로 음식을 삼키지 못한 가운에 불과 3~4주만에 검은 진물을 토하며 급사하게 되었다.

검찰은,

"매장(2009년 8월 10일)을 한지 약 5년이 지났기 때문에,
또 달리 독살한 증거가 없어 부검을 못한다."

고 결론지었다.

어머니의 사인이 전혀 밝혀지지 않고 의문사의 정황이 있는
마당에 조사도 안 하고 '독살의 증거'가 없다니! 시일이 얼마가
경과가 되었던 의문사를 조사하는 데 그것이 무슨 문제가 되는
가?
매장한 지 1개월 이후 지금까지 5년 동안, 줄곧 타살의혹 및
의문사 관련 부검을 요청했으나, 경찰의 부당수사로 인해 최근
까지 부검을 하지 못한 판국에 .....

검찰의 주장과 달리 어머니의 의문사 정황은 너무나 명백하다.

– 사망전 약 3주간 식도통증으로 음식은 물론 마지막에 물
도 넘기지 못했다.
– 사망 전 격심한 메쓰꺼움과 구토 증상을 보이는 가운데
약 일주일간 식도에서 검은 진물을 토해냈고, 마지막 날에
피를 토했다. 검은 진물은 전이성 식도의 정맥파열로 나오는
선지피와 다른 것이다.

- 사망 전 7월 병원에서 시행한 2회 혈액검사에서 모두 칼
륨수치가 높아서 낮추는 약물 처방을 받았다.
- 사망 전 4~5일간 손, 발 바닥에 검붉은 혈흔이 나타났다.
- 사망 전 4~5일간 아래쪽으로 가는 다리가 위쪽 다리보다
서너 배 부어올랐다.
- 사망 전 4~5일간 열이 차서 얼음찜질을 계속 요구했다.

7월초까지 동네를 활보하던 모친이 불과 1달 채 못 되는 기간
에, 선지피도 아닌 검은 진물을 7일간이나 토하면서 급사한 것
은 누가 봐도 다른 병이나 자연사로 단정하기 어려운 것이다.

격심한 메쓰꺼움과, 구토, 토혈, 물도 넘어가지 않을 정도의
식도 협착은 병원에서 진단한 '난소암'이 아니라 바로 빙초산
독극물을 섭취했을 때에 나타나는 증상이다.

사망한지 5년이 지나 2014년 6월 시행한 부검 결과에는 병
원에서 주장하는 난소암으로서의 원발부위는 발견되지 않으며,
또 병원기록에는 복막전이로 적혀있으나 그 근거가 밝혀져 있
지 않는 것으로 확인되었다.

이것은 부검의사가 빙초산 섭취 시 나타나는 증상으로 적어
보내온 것과 대부분 일치한다.

5

한국의 인권 : 그 묵인의 실태와 출구

·
·

그리스의 민주 재판과 한국 사법의 실제

   그리스에 유학할 때 나는 재판소(메가론: 예부터 큰 방을 서넛 가진 건물로 요즈음은 재판소를 지칭한다)에서 재판을 받아본 적이 있다.

   고등학교 교편 약 7~8년을 잡다가 나이 35세가 되어서야 유학을 갔다. 그때까지 제주도도 한 번 가보지 못했던 내가 생전 처음 타는 비행기에 외국이라고는 처음으로 그리스에 닿았는데, 채 1년을 다 못 채우고 교통사고가 났다. 아직 그리스 어도 지금처럼 익히지는 못 했을 때였다.

   기숙사는 시내에 있고 대학은 외곽지의 새 캠퍼스로 이전했으므로, 아침마다 학교 셔틀 버스를 타고 이동을 하는 데, 그 버스를 타려고 도로를 가로질러 달려가다가 택시에 떠받쳐서 나가떨어진 것이다. 순식간이라 나 자신이 사고가 난 줄도 모른 채 획 날아서 근처 전봇대를 머리로 들이받은 다음 그 자리에 쓰러졌다.

마침 지나가던 경찰 순찰차가 나를 싣고 병원으로 옮겼고, 병원 가까이 다가갔을 때 경찰차의 앰블런스 소리를 가까스로 들으면서 나는 의식을 회복했다. 그때부터 오른쪽 다리가 너무나 쑤시기 시작했다.

그때 전봇대에 얼굴을 들이받아서 깊은 찰과상이 생겼는데 그 검은 흔적이 20년 쯤 갔으니 얼굴 흉한 꼴이 말이 아니었다.

당시에는 사고를 당한 사실 자체를 깨닫지 못했으므로, 응급실에 의사가 와서 어떻게 사고가 났느냐고 물었을 때 나는 모른다고 대답했다. 의사는 내가 머리에 충격을 받아서 기억이 상실된 것으로 생각하고 다리 뼈에 금이 간 나를 외과로 보내지 않고 처음에는 정신병동으로 보냈다. 사나흘 동안 나를 관찰한 후 기억 상실 한 것은 아니라고 판단하고 외과로 옮겨주었다.

그렇게 일주일 여 나는 꼼짝 못하고 누워있었고, 다른 이가 내 대소변을 다 받아내곤 했다. 마침내 일어나 앉고 몸을 가눌 수 있을 즈음이 되어 기숙사로 돌아왔다. 그리스 국가장학생이었으므로 돈을 내거나 특별히 수속을 밟을 것도 없이 바로 입원을 하고 치료를 받고 깁스를 하고는 약 일주일 후 퇴원을 했다.

한 석 달 동안 학교에 가지 못한 재 기숙사 방안에 있었고 그 후에도 한 동안은 목발을 집고 학교에 다녔다. 그렇게 6개월 정도를 지난 다음 목발을 떼게 되었을 때 법원에서 연락이 왔다. 교통사고 건으로 재판을 하게 되니 출두하라는 것이었다.

나는 어떻게 교통사고가 난 줄을 알지 못한다. 그런데 내가 병상에 있을 때 한 그리스 소년이 나를 보러왔다. 내가 35세에 유학을 갔고, 그 이듬해 1월에 사고가 났으니 36세였는데, 그 소년은 갓 스물 정도로 보였다. 내가 혼인을 해서 자식을 낳았다면 내 아들뻘이다. 나중에 알고 보니 그 어머니가 나보다 더 어렸다.

그런데 그리스인이나 서양인들은 우리 동양인의 나이를 잘 모른다. 그 소년은 앳되어 보이는 30대 중반의 나를 제 또래로 착각을 했고, 의식을 잃고 쓰러져 있는 동양 여자 아이의 얼굴을 보고는 측은지심이 한없이 발동하여 나를 보러온 것이었다. 그때가 그리스에 있은 지 9개월 쯤 지났을 때였으므로 그리스어를 완전히 습득하지 못하였다. 의사소통 정도 했고 조금씩 들리는 것이 있는 그런 정도였다.

내가 병원 침상에 누워 있을 때 그 소년은 말이 안 통하는 내가 아니라 그 옆 병상에 있는 할머니랑 큰 소리로 떠들며 이야기했는데, 그 내용은 사고가 난 경위에 대한 것이었다. 그때 참 다행스럽게도 내가 얻어들은 것은 택시가 고속으로 막 달려

와서는 길을 건너는 나를 들이받았다는 것이었다. 그 후 내 주변 친구들이 내 나이를 알려주고 난 다음 그 소년은 어디론가 사라져버리고 다시는 나타나지 않았다.

퇴원한지 3개월여만에 깁스를 떼자 나는 목발을 짚고 대학교 기숙사 앞 도로의 사고 났던 장소로 가보았다. 내가 학교 버스를 타려고 길을 가로질러 달려간 사실, 그리고 소년이 말해준대로 택시가 과속으로 달려오던 사실을 조합해보니 사고가 어떻게 나게 되었는지 이해가 갔다.

기숙사 앞 2차선 도로는 잔디밭 광장 주변을 따라 나있고, 한적한 곳이라 중앙선이나 횡단보도 같은 것이 따로 없었다. 광장 가장자리를 따라 난 샛길 하나가 그 도로에 연해있고 거기에는 학교 직원과 대학원생을 실어나르는 학교 셔틀이 이미 도착해 있었다. 그런데 바로 그 샛길과 만나는 곳 큰 도로가 직선이 아니라 완만하게 휘어져 있었던 것이다.

도로 저편에서 달려오던 택시는 도로에 연한 샛길에 버티고 있는 버스 때문에 시야가 가려져 있어서 버스 너머에서 도로를 가로질러 버스를 향해 달려가던 나를 보지 못했다. 택시 기사가 버스가 있는 지점까지 와서 버스에서 불과 두어 걸음 떨어져있는 나를 발견했을 때는 이미 때가 늦었다. 갑자기 달리던 차를

정지시킬 수가 없었던 것이다. 나도 백시를 보지 못했다. 사고
는 그렇게 큰 버스 때문에 서로 시야가 가려진 탓에 일어난 것
이었다.

평소에는 무심코 다녔던 것이, 샛길이 도로에 연해있는 지점
에서 도로가 약간 휘어져있는 모양새를 확인한 다음에야 나는
부지불식간에 일어난 사고의 전말을 파악하게 되었다.

내가 당한 교통사고 때문에 재판이 열린다는 통지를 받고 정
해진 날 재판소로 갔다.

우리나라 남북한 합친 것보다 조금 더 넓은 그리스 땅에 인구
라고 1,200만 정도. 사람이 우리보다 더 귀한 나라라, 웬만한
교통사고는 다 재판을 해서 시시비비를 가린다. 교통사고가 너
무 많은 우리나라에서는 그런 소소한 것을 다 재판하다가는 나
라가 마비될 지도 모른다.

그리스에서 겨우 1년을 조금 넘긴 때라 아직 그리스어가 서툰
나를 위해 아프리카, 독일 등 여러 국적의 친구들이 함께 가주
었다. 여러 가지 재판이 연이어졌으므로 한 동안을 기다렸다.

드디어 내 차례가 되었다. 재판관이 통역이 없어도 되겠느냐
고 경찰에게 묻자, 경찰이 그렇다고 대답했다. 이렇게 그리스에
닿은 지 1년 2개월여만에 여전히 서툴렀던 그리스어로 판사의
물음에 대답을 하게 되었다.

"왜 차가 오는데도 달려갔느냐?"

"차를 보지 못했습니다."

"못 보다니! 그러면 차가 하늘에서 떨어졌나, 땅에서 솟았나, 어떻게 못 본단 말이냐?"

"예, 저 자신도 왜 사고가 났는지를 깨닫지 못했어요. 그런데 깁스를 풀고 난 다음 맨 먼저 사고 난 장소부터 가봤지요. 어떻게 사고가 나게 되었을까 하고. 그래서 알게 된 사실이, 그 길이 직선이 아니라 완만하게 굽어있었던 거예요. 도로에 연한 샛길에 학교 셔틀이 서있었고요. 그 큰 버스 때문에 버스 저편에서 달려오던 택시 운전기사가 이편에 있는 저를 보지 못했던 것이지요. 제 쪽에서도 택시가 오는 것을 보지 못했습니다."

"도로에서 달려간 것이 몇 미터 정도 되느냐?"

"비스듬히 달려갔으니 6, 7m 정도 됩니다."

더 이상 군더더기 말이 필요가 없었다. 상황이 즉각 이해가 되었던 것이다. 당장에 판사가 그 운전기사에게 판결을 내렸다. 구류와 벌금형 중에서 선택하도록 한 것이었다.

나는 그리스어가 서툴러 그 판사의 판결을 알아듣지 못했다. 우리가 재판소를 나올 때 그 택시 운전기사가 재판소 안에서 막 뛰쳐나오며 화가 나서 고함을 질러댔다. 내가 왜 그런가하고 물었더니 친구들이 말했다.

"벌금을 물고 나오는 길이라 화가 난 거야."

내가 이 재판을 통해 배운 것은 민주정치의 본향 그리스에서
는 재판이 자국인, 외국인을 가리지 않고 객관적으로 공평하게
이루어지곤 한다는 사실이다. 개인 간에는 사기나 불공평한 관
계가 이루어질 수도 있겠으나 일단 수면 위로 떠올라 대소간에
공적인 사안이 되면 모든 사람들이 납득할 수 있는 선에서 판정
이 이루어진다. 모든 사람이 눈을 치켜들고 응시하는 그곳에는
권력, 돈, 인맥이 있는 자나 없는 자나 차별이 없으며 눈물, 콧
물, 인정사정이 없다. 모든 이에게 똑같은 잣대를 엄정하게 갖
다 대는 것이다. 그리스 사회의 공공정신은 재판정에서만 그런
것이 아니다. 이런 분위기는 그냥 주어진 것이 아니라 치열한
투쟁과 감시에 의해 이루어지는 것이다.

나는 내 어머니가 사망 전 3주간 식도가 아파서 음식을 먹지
못했고 어느새 물도 목구멍을 넘어가지 못하여 고갈된 상태에
서, 사망 직전 7일 간 식도에서 검은 진물을, 또 마지막 날에는
선지피를 토하고 죽었다는 사실을 두루 밝혔다. 이 모든 사실,
특히 검은 진물과 피를 토한 사실은 병원 측 기록에서도 확인된

다. 그런데도 그 5년간의 수사에서 이 명백한 사실이 경찰의 수사기록에 완전히 빠져있다.

한두 번도 아니고 십여 회에 걸친 고소, 항고, 재정신청, 재항고, 항소 등에서 빠지지 않고 적어 내는데도 조사과정에서는 한 번도 반영된 적이 없다. 병원 측에서는 식도 통증까지를 언급하며 이것이 난소암 때문이라고 우기는 가운데, 검은 진물과 피를 토한 사실은 아예 거론하지 않고 묵살하고 있다.

병원 측의 설명에 따르면, 혈액검사 수치로 난소암 진단을 내리고, 난소암에서 복막전이(소견)가 왔고, 복막전이에서 복수가 생겼으며(복수가 차는 원인을 밝히지 못했음), 복막전이 때문에 위장과 식도 통증이 왔다는 것이다.

이 정도면 판타지 소설을 쓰는 수준이다.

그런데 기가 막히는 것은 이런 의사들의 확증 없는 가설이 경찰, 검찰 등의 사법기관에서 먹힌다는 사실이다. 한국에서 이루어지는 '법리해석'은 판타지(환상)를 바탕으로 이루어지는 것인지!

벙어리 냉가슴을 앓다가 마침내 "7일간 검은 진물 토한 사실이 무시되었으니 반영해 달라"는 취지로 〈국민신문고〉를 통해 국민권익위원회에 낸 진정서를 냈으나, 이마저도 대검찰청을 통해 지방검찰에 전달된 후 실종되어 버렸고, 예정된 처리 기한을 넘기면서까지 아무 데도 반영되지 않았다.

좌우의 이념이 달라서 서로 싸우고, 댓글 사건을 둘러싸고 서로 공방하는 것이 다 사회의 민주화를 위한 거름이 될 수도 있다. 그런 것들은 지향해 나가야할 표상이나 이정표가 되기도 하는 것이다. 그런데 표상과 현실 사이에는 어처구니없는 괴리가 있게 마련이다.

나는 순진하게도 '댓글 수사' 하는 검사는 '불의에 항거하는 정의로운 사람' 측에 속한다고 막연히 생각해왔다. 그런데 댓글 수사 하는 검사나 안 하는 검사나 내게는 결과가 똑같았다. 어머니가 검은 진물을 토하고 죽었으니 수사해달라고 하는데, 다 같이 마이동풍이었다.

'상황 논리' 라는 것이 있게 마련이다. 특히 만나서 정보를 얻는 대상이 누군가에 따라서 편파적인 정보를 얻어서 사실을 직시하지 못할 수도 있다. 또 살아가다 보면 좋든 싫든 내 편, 네 편이라는 것도 생기게 마련이다. 이런 것은 인간적인 한계로 쉽게 극복할 수 없는 것이다.

또 어떤 것이 '정의' 인가 하는 점에 대해서도 각기 견해가 다를 수 있다. '정의' 의 개념도 상대적이다.

어떤 사람은 나를 '집착증 강한 정신병자'라고 한다. 그냥 놔두면 산 사람들이 모두 행복하게 잘 살 텐데도 ..... 이미 80이 넘어 죽은 사람을 위한답시고 주변 모든 사람들을 괴롭히고 다닌다는 것이다. 좋은 게 좋다는 것이다. 그러나 세인들에게 잘 보이지 않는 사각지역, 그것이 바로 가정에서 은밀하게 일어나는 인권의 침해이다. 나는 어머니의 사인을 밝히는 것이 다음에 그런 의문사가 재발하지 않도록 하는 길이라 믿고 있을 뿐이다.

풀뿌리 민주정치란 어떤 추상적 표상이나 거대한 정치적 현안에서 시작하는 것이 아니다. 말 그대로 풀뿌리에서 시작하는 것, 작은 것을 돌아보고 마음 아파할 줄 아는 것이다. 큰 이념이나 거창한 운동이 아니라 작은 것에서 정직한 것, 아니 정직하려고 노력하는 것이리라. 원래 큰 비리는 작은 것이 쌓여서 생기는 것이다.

우리 봉건적 전통은 예의를 갖추고 또 남에게 위신을 세우는 것이다. 그러다보니 자신의 치부나 약점을 바깥으로 드러내기를 꺼린다. 그런데 내가 본 그리스인은 높낮이가 크게 없다보니 체면 있는 사람이라는 것이 특별하게 없다. 모두가 생물적인 근성을 가지고 있고 또 모두가, 심지어 노숙자도, 존중 받는다. 고급 외제차 타고 다닌다고 존경받는 그런 사회도 아니다. 수상이

나 노숙자나 다 같이 인간적인 약점을 가지고 있음을 인정한다.
그래서 아무나 필요할 때면 고함을 지르는데, 거기에는 교사,
판사, 검사, 대통령이 따로 없다.

의료사고와 〈진실말하기 프로그램〉

얼마 전 물을 것이 있어 지인에게 전화를 했다. 병원 의사들을 고소한 데 대한 그간의 곤혹스러운 상황을 어슬프게나마 전하고 알고 싶은 것을 물었다. 그런데 그녀는 내 질문에 대한 대답은 하지 않고 건성으로 지나갔다.

"그거 우리 한테도 어려운 거예요."

그리고 내가 의사들을 고소한 행위를 비난했다.

"저는 선생님이 돈을 바라서 그런 것 같다는 생각 밖에 들지 않아요. 선생님끼지 이러시면 어쩝니까? 하다가 보면 사람이 죽는 수도 있어요. 그런데 사람들이 와서 막 떼를 쓰고 병원을 괴롭혀요."

그러니 인품이라고 있어야 하는 지위의 교수가 돈 따위를 바라서 의사들을 괴롭히느냐 하는 뜻이었다.

그래서 내가 변명을 했다.

"그런 것이 아닌데..... 나는 어머니의 사인을 밝히고 싶을 뿐이라고. 집안에서 음성적으로 일어나는 일이라 사인을 밝히지 않으면 다시 또 어떤 일이 벌어질지 알 수가 없다고 생각하여 미래를 경계하려는 것이다. 집안에서 벌어지는 일을 개인적인 일이라 생각하여 사회에서 무관심하다면 그것은 말이 안 되는 것이지."

그녀의 태도가 사뭇 완강했으므로 내 대답이 허공에서 겉도는 듯한 느낌을 받으면서 중얼중얼 대충 말하고 전화를 끊었다.

그런 다음 곰곰 생각해보니, 깨닫는 바가 하나 있었다.

"아! 그렇구나, 내 머리가 정말 꽉 막혀있구나."

의사들이 확진이 아닌 것을 '종합적 판단'이었다고 정당화할 뿐, 부검을 통하여 진실을 밝히고자 하는 의사가 없다는 사실을 보고 나는 이들이 부정직하다고만 생각했는데, 그것만이 아닌 것이다. 돈! 사건이 귀결되는 향방에 따라서 돈 문제가 걸려있는 것이다.

어머니의 사인 규명을 위해 초기 3년여 동안 병원과 연루됨이 없이 노력했으나 경찰에서는 번번이 무시했다. 그 주된 이유는 어머니가 난소암으로 죽은 것에 의심의 여지가 없다는 것이었다.

그 동안 난소암 자체가 확증이 없다는 사실을 알게 된 나는 고소장, 진술서 등을 통하여 여러 번 그 사실을 고했으나, 경찰 및 검찰은 지금도 그런 것처럼 마이동풍이었다. 사실은 어떠하든 그에 대한 조사를 아예 시작하려고 하지 않았다.

부득이 4년째 되던 작년 2013년 7월 나는 병원 관련 의사들을 형사 고소했으나, 병원 측에 돈을 뜯어내기 위해 이 일을 시작한 것이 아니다.

그런데 믿을 만한 정보통은 아니지만, 그 후 내가 전해들은 바에 의하면, 병원은 돈 문제보다 신용도가 더 큰 문제라고 한다.

또 모든 이가 처음 시작할 때는 돈을 요구하지 않는다고 하다가 일이 더 벌어지면 변하여 그거 요구하지 사람이 없다는 것이다. 그러니 내가 아무리 "돈을 목적으로 하는 것이 아니다."라고 절규해도 귀담아 듣는 사람이 없었다.

닭이 먼저인지 달걀이 먼저인지 간혹 헷갈릴 때가 있다. 내가 돈을 요구하려는 흑심을 가지고 있을까봐, 아니면 의사들이 행여 돈 나갈까봐 지레 겁을 내는 것인지는 모르겠으나, 아무튼 지금 상황에서는 의사들이 확증도 없는 것을 가지고 우기고 있다. 게다가 검찰의 의뢰를 받은 모 의사협회에서는 소견서에서 '적절한 판단'이라고 역성까지 들고 나섰다. 이 협회는 의사들의 자발적 모임으로 공인된 국가기관이 아니다.

한 번은 어머니의 사인을 규명하기 위해서 대구 모 병원의 자료를 들고 서울 모 종합병원 안내를 찾아갔다. 어머니에 관한 병원기록을 내놓고는 '2차 의견'을 좀 내줄 수 있는가 하고 물었다. 그랬더니 일언지하에 거절하면서 전료한 병원에서 공적으로 질문을 하는 경우를 제외하고는 그런 것은 봐줄 수가 없다고 대답했다. 그래서 휑하니 그냥 돌아왔다.

그런데 그 후 유럽 가는 길에 한 대학병원을 찾아가서 같은 자료를 내어놓고 '2차 의견'을 좀 줄 수 있는가 하고 물었더니 '그렇다'고 했다. 아니 그냥 '그렇다'가 아니라 '답변해야만 한다'라고 대답 했다. 그렇게 '2차 의견'을 얻어낼 수 있었다.

같은 OECD(경제협력개발기구) 국가인데도 한국과 유럽의 환경이 많이 다르다. 1차 진료 받은 병원의 요구가 없어도 아무나 개인이 알고 싶은 것이 있으면 알려주는 것이 의사의 소임이라고 그들은 알고 있었다.

현재 미국에서는 〈진실말하기 프로그램〉*이 번지고 있다고 한다.

이것은 의료사고 발생 시 병원이나 의료진은 환자 측을 피하지 않고 곧바로 사건에 대해 알고 있는 바를 투명하게 설명하고 신속한 조사를 약속하는 것이다. 환자 측이 원할 경우 제3자의 조사 참여도 허용한다. 하버드, 스탠포드, 버지니아, 일리노이, 카이저 등 유수의 병원들이 〈진실말하기 프로그램〉을 도입하고 있지만 가장 성공적인 사례로 꼽히는 것은 바로 미시간병원이다.

---

* http://www.koreahealthlog.com/news/newsview.php?newscd=2011111100034
([특집인터뷰] "의료 소송, 진실말하기로 줄일 수 있다")

미시간 병원의 켈리 사란 선임 위험관리딤당관은 우리나라 대한병원협회의 학회**에 초대되어 〈진실말하기 프로그램〉을 도입한 배경과 지금까지의 실적에 대해 소개한 적이 있다.

대한 병원협회에서 주관하는 학회에서 〈진실말하기 프로그램〉을 소개한 것이 2011년이라고 하니, 의사들은 그에 관해 들은 바가 있을 것이다. 그런데 대전 '카이스트'에 몸담고 있는 2명 정도의 교수 및 박사과정 학생이 관심을 가진다고 한 것 외에 우리나라 의사들 가운데 별다른 움직임이 이는 것 같지 않다.

〈진실말하기 프로그램〉이 도입되면 병원, 특히 대형병원들도 기업이나 정부와 마찬가지로 투명해져야 한다. 과거처럼 실수나 잘못 앞에서 은폐하거나 침묵하는 것이 점차 불가능해진다는 말이다.

의사도 실수를 하게 된다. 혹 실수가 있었더라도 그 비용을 의사 개인에게 전가하지 않고 병원 측에서 부담을 하도록 하는 것이 〈진실말하기 프로그램〉의 주요 핵심이다.

** '2011 Korea Healthcare Congress(2011 KHC)'의 '의료의 신경향―투명성' 세션

6

줄여보는 만화경 : 당달봉사가 판치는 세상

의문사와 부검

나는 의문사 한 어머니의 사인을 밝히려 하고 있다. 5년째인데 지금도 진행 중이다. 내 이야기는 실제로 있었던 일에 기초한 것이지만, 다 객관적인 사실이 아닐 수도 있다. 내가 잘못 알고 있는 것이나 편견이 반영되는 것은 부득이하며 또 각색이 된 부분도 없지 않다. 그래서 실화에 기초했으나 가공이 가미된 이야기이다.

이 이야기는 내 어머니가 변사를 해서 분하고 슬퍼서 쓰는 것이 아니다. 의문사를 밝히려고 애쓰는 과정에서 알게 된 우리 한국의 현주소에 경악하고, 우리가 몸담고 있는 사회가 도무지 정직성과는 거리가 멀다는 것을 알게 되었기 때문이다. 이 말은 나 자신이 정직한 사람인데 사회만 그렇지 않다는 뜻이 아니다. 나도 너도 다 약간씩은 거짓말을 할 수도 있겠으나, 일단 여러 사람이 모이게 되면 최소한 어떤 기준이 있어야 하는 것이 아닌가 해서 하는 말이다.

어머니가 갑자기 식도가 아파서 음식을 못 먹더니 3주 만에 죽었다. 마지막 며칠간은 물도 목구멍으로 넘어가지를 않고 넘기면 바로 올라왔다. 한 일주일간 물도 못 넘기는데, 검은 진물은 어디서 그렇게 생기는지, 수도 없이 토해 내더니 마지막 날은 선지피를 토하며 죽은 것이다.

너무 갑작스러운 죽음이라 그 당시에는 정말로 경황이 없었다. 사람이 죽어가는 그 처절한 현실 앞에서 나도, 주변 가족도, 병원에서도 그저 난소암이 악화되어 죽는가 보다하는 정도로 여길 뿐이었고 속수무책이었다. 그렇게 어머니를 묻었다. 한 달도 채 안 되는 기간에 일어난 일이었다.

묻고 난 뒤에 가만히 생각해보니 아무래도 앞뒤가 맞지 않는 것이 있었다. 병원에서 난소암이라고 했는데 느닷없이 왜 식도가 아프고 목에서 검은 진물을 올리나? 그래서 사인을 밝혀보겠다고 시작을 한 것이 어머니를 묻은 지 한 달이 채 안 되었을 때였고, 그 후 지금까지 5년이 흘렀다.

내 어머니가 검은 진물과 피를 토하고 죽었다고 5년 동안 줄곧 이야기를 하는데, 아무도 귀담아 들어주는 사람이 없었다. 병원도, 경찰도, 검찰도, 판사도 마찬가지였다. 그 사실은 존재하지 않는 허구가 되어버렸다. 사실이 허구가 되고, 나는 허구를 사실인 양 떠들고 다니는 미치광이, 상습 고소꾼 취급을 받았다.

고소, 항고, 재정신청, 대법원 항소, 진정서 같은 것을 10여 회 반복했으나, 경찰은 물론 검사, 판사까지 검은 진물을 흘리고 피를 토하고 죽은 정황을 깡그리 무시하고 언급 자체를 회피한 채 불기소처분을 내렸다. 병원도 마찬가지 모르쇠로 일관했다. 그리고는 의문시한 증거가 없다고 입을 모았다. 어머니가 검은 진물과 피를 쏟으며 사망한 사실은 병원 측의 진료 기록에서 확인할 수 있는 것인데도 말이다.

한글을 못 읽는 것일까? 나는 사실을 무시하는 수사와 기소 독점주의에 대하여 문제를 제기한 것인데, 세상은 되레 나를 집착증 강한 미친 여자 취급을 하는 것이 아닌가 싶다. 수없이 불기소 되어 퇴짜 맞은 사건을 또 다시 들고 나온다는 것이다. 열 번 아니라 백번을 거쳐도 부당한 수사는 부당한 것으로 남아있는 것이 아닌가? 갑자기 식도가 아파서 음식을 2~3주간 못 먹고 물도 안 넘어가서 올라오는 판에 검은 진물을 일주일간 토해 냈는데, 그것이 어떻게 의문사가 아닌지?

기초가 되는 사실을 무시한 채 어떻게 수사가 이루어지나? 허공에서 법리해석만 가지고 하는 건가?

삼척동자도 이상하다고 여길 이런 죽음에 대해 세상 사람은 태무심이다. 유전무죄, 무전유죄라더니, 힘없는 민초에게는 이상한 죽음도 정상으로 간주되는 것 같다. 밝히려 하니 사회적 비용이 들어가서 그런가?

병원에서 내린 난소암 진단도 현재 확증이 없는 상황이다. 병원에서는 그 증거를 대지 못하고, 종합적으로 난소암으로 확진

했다고 주장하고 있다. 난소암도 확증이 없는 터에 덧붙여 난소암에서 복막전이가 왔고, 복막전이에서 복수가 생겼고, 복막전이 때문에 다시 위장과 식도 통증이 온 것이라고 설명한다.

그런데 이런 전이과정에 대한 병원의 설명은 아무런 근거가 없다. 객관적 증거도 없이 주장을 하는 것은 판타지 소설을 쓸 때나 가능한 일이다.

공인된 수사기관에서 자행되는 상식을 벗어난 편파 수사, 병원의 아전인수, 자의적 해석이 도대체 어떻게 사회적으로 통용되고 묵인되고 있는 것일까?

한 노모의 죽음이 만의 하나라도 자연사가 아니라는 것이 밝혀지게 된다면 그 주변의 산 사람들이 체면을 구기고 위신도 떨어지고 해서 타격을 받기 때문에, 그래서 최대 다수의 최대 행복이라는 공리주의 입장에서 아예 안전하게 밝히는 쪽보다 묻어버리는 쪽을 택하는 것인지?

세상이 사실을 은폐하려 하는 데는 이유가 없지 않다. 될 수 있으면 조용하고 좋은 것이 좋고, 또 병원 의사들이 혹여 잘못 진단한 일이 있어 밝혀지기라도한다면 공신력에 지장이 갈 수 있다. 이런 여러 가지 사정으로 한 인간의 의문사는 밝히는 것보다 묻는 것이 좋은 것이다. 이미 매장을 해버렸고 무덤의 잔디도 이쁘게 자라났으니, 그냥 두고 보는 것이 훨씬 평화롭고 아름답다.

그런데 두어 달 전에 무덤을 팠다. 5년 된 시신의 다리나 머리부분 살은 거의 다 썩었으나, 물에 잠겨있던 복부에 물러진 살덩이가 형태를 갖춘 채 남아 있었다.

습기가 많은 야산 기슭이었는데, 관을 열었더니 관 안에 채운 흙 위로 물이 흥건히 고여 있었다. 못을 치지 않은 관 두껑이 지신을 밟을 때 비틀려졌는지, 모서리의 아귀가 딱 맞지 않은 채 틈새가 벌어져 있었고, 그 틈새로 물이 들어간 것이다. 복부에는 수의도 그대로 남아 덮힌 채로 그 아래 세포조직이 그런대로 상당량 남아있었다.

시신을 부검기관으로 옮기고, 그곳에서 난소, 복강, 간 부위 등에서 각기 살점을 들어냈다. 살점은 연화된 상태였으나 여전히 형태를 갖추고 있었고, 거기에는 병원에서 진단했던 암세포의 흔적은 전혀 보이지 않는다고 부검 기관에서는 말했다. 암세포가 있었다면 그 비정상 세포의 흔적이 여기저기 약간 씩은 남아있게 마련이라는 것이다. 또 문제가 독살이니 남아있는 간세포를 가지고 화학적 독소가 있는지를 검사한다고 했다.

길어야 2주일이라던 검사결과가 독촉에 독촉을 더하여 3주일 조금 넘어 나왔다. 병원에서 진단한 원발부위로서의 난소암은 발견되지 않은 것으로 결론지어졌다. 또 병원에서는 복막전이 소견으로 진단하였으나, 병원의 기록 자체에서도 그 원인이 명확하게 밝혀지지 않은 것으로 판단되었다.

독극물 검사

그런데 문제는 독극물 검사 결과였다. 5년 전부터 내가 줄곧 주장해온 것이 어머니가 빙초산으로 식도가 탔을 가능성이 있다는 것이었는데, 검사에서 빙초산이 빠져있었다. 식당에서도 사용하고 있어서 흔하게 구할 수 있는 그 중요한 빙초산 검사를 왜 안했느냐고 문의했더니, 그것을 꼭 해야 하는 이유가 있느냐고 부검을 시행한 측에서 되레 큰 소리를 치는 것이었다. 의심되는 빙초산 독극물 검사를 안 한 채, 농약류 등 다른 6가지 독극물 검사가 다 음성으로 나왔다고 독극물에 의한 죽음이 아니라고 결론지을 수가 있나?

부검 의사에게 다시 이메일을 보내서 질문을 했더니 한 달을 넘겨, 그것도 다시 독촉 끝에, 다음과 같이 대답이 왔다.

"빙초산은 자살에 쓰이고 타살의 예는 거의 없습니다.

빙초산이란 초산***의 결정형태를 일컫는 것이지 별도의 독극물이 있는 것은 아닙니다.

빙초산 검사는 초산의 유무를 감정하는 것으로 이는 사망 직전에 식초를 먹었느냐 안 먹었느냐를 감별해달라는 것과 같습니다. 초산에 의한 식도 등의 응고 괴사 유무는 부패성 변화로 인해 감별할 수 없습니다.

빙초산을 섭취하면 '격심한 통증과 오심 및 구토가 따릅니다."

아니, 나는 '사망 직전'의 빙초산 섭취를 뜻하는 것이 아니었는데 ..... 많이 먹으면 죽는 식초를 반드시 사망 직전에만 먹는다는 법이 있나?

먹어서 사람이 죽을 수 있다면 그게 독극물이지, 별도의 독극물이 아니라니..... 빙초산이 독극물이 아니란 말인가?

게다가 빙초산이 자살에만 쓰이나? 나는 5년 전부터 경찰에게 어머니의 사인이 빙초산 독극물에 의한 타살 가능성이 있다고 주장해온 터인데.....

*** Acetic acid, CH3COOH

부검의사는 소량씩 장기적으로 주입하여 타인을 해치는 경우를 자의적, 원천적으로 배제하고 있다.

어머니는 사망 직전에 갑자기 피를 토하고 죽은 것이 아니다. 3주간 식도가 아파서 식사를 못했고 사망 전에는 7일간 검은 진물을 토하고 마지막 날에는 선지피를 토해냈다는 사실이 적힌 병원 기록을 나는 미리 부검 의사에게 넘겼고 직접 설명도 했다. 그런데도 왜 부검 의사는 사망 직전의 순간적인 독극물 섭취로만 문제를 한정하려고 하는 것일까? 경찰도 어머니가 검은 진물과 피를 토한 사실을 개무시하고 언급조차 안하더니......

장기적으로 독극물을 섭취하는 경우 뼈의 단백질 성분 분석을 통해 독극물 사망 여부를 가려낼 수 있다고들 한다.

빙초산을 섭취했을 때 체액이 감소한다고 하는 연구결과도 나와 있다. 사실 어머니는 사망 약 1년 전부터 국을 먹으면 자꾸만 쓴다고 하고 예전 맛이 안 난다고 했으며 나날이 몸이 수척해갔다. 사망 직전 3주일 동안은 식도가 아파 음식을 섭취하지 못했고 사망 일주일 전부터는 물이 아예 넘어가지 않는데, 이것은 식도가 타서 협착되어 아예 통로가 막혀 버렸기 때문이라고들 한다.

내가 빙초산 이야기를 했더니 부검의사는 빙초산을 섭취했을 때의 증상으로 다음의 내용을 명시하여 이메일로 보내 왔다.

"농도가 강할수록 위점막이 부식되어 상복부의 격렬한 통증, 오심 및 구토가 따릅니다."

어머니의 증상이 꼭 이와 같았다. 어머니는 격심한 식도의 통증, 오심과 구토 증상이 있어 사망 직전까지도 병원 간호사가 와서 메스꺼움을 막는 '항오심제'를 주입했다.

사망 3일전부터는 발바닥 손바닥에 교대로 검붉은 혈흔이 나타났고, 호흡하는 데 극도의 곤란을 겪었으며 허파에 바람이 새는 느낌이 든다고 했다. 모로 누울 때 밑으로 가는 발이 위로 가는 발보다 서너 배 부어올랐다.

식도 부위 척추 부분의 검게 탄 뼈

시신을 거치대 위에 올려놓고 보니 뼈의 색깔이 가슴 위쪽 부분과 그 아래 하체가 서로 달랐다. 식도 윗부분의 척추 뼈와 두 개골이 있는 윗부분은 새까맣고, 그 아래로 늑골, 골반과 다리는 누런색이었다. 그런데 왜 뼈의 색깔이 서로 다른지에 대해 부검 소견서에는 전혀 언급이 없었다.

그래서 부검 소견서를 받고 난 다음 이것저것 알아본 다음 이 삼일 만에 바로 담당의사에게 이메일로 질문을 했더니, 바로 그 날로 이메일 답신이 왔다.

"상체의 뼈가 전반적으로 검은 색을 띠고 있으므로 자연적
부패현상인 것으로 보입니다."

그러나 무덤을 개봉한 지 3주일 반이 지난 시점에 시신의 색깔이 변해있었다. 새까맣던 상반신의 두개골 뼈가 변색하여 누래지고, 식도 입구 쪽의 척추 뼈에만 새까만 색깔이 그대로 남아 있던 것이었다.

부검에 대한 사회적 저항이 너무 거센 상황이었고 또 병원 측의 근거도 불확실한 억지 주장이 만만치 않은 상황이었으므로, 만일의 경우를 대비하여 나는 시신을 아직 묻지 않고 보관해두고 있었다. 미비한 부검결과를 받고는 어떻게 조처를 해야하나 하고 시신을 다시 보러갔을 때 발견한 사실이었다.

그래서 부검한 의사에게 두개골 색깔이 변한 시신의 사진을 이메일로 보내주면서, 다시 요청을 했다.

"시신을 파내던 날 상체 부분만 온통 검은 색을 띠는 현상을
부검 소견서에 언급해 줄 것.
3주 반이 지난 다음 두개골이 누렇게 변했으나 식도가 있는
곳 척추만 까만 것은 일반적인 부패현상으로 설명하기 어려
우니, 그에 대한 의견을 밝혀줄 것."

질문 한 지 한 달이 넘어 또 다시 독촉을 하고서야 이메일로
답이 왔다.

"부검이후 안치중인 시체에서 특정부분의 부패변색 변화에
대하여 연구된 바가 없으므로 알 수 없습니다……

또한 사후변색은 신체부위별, 개인별, 주위환경에 따라 달라
지므로 특정할 수 없고, 부검소견상 특정부위의 변색으로 사
인을 특정할 수 없습니다."

아니, 물속에 잠겨있던 시신이 바깥으로 나와 공기와 접촉을
한 다음, 시커멓던 두개골은 누런 색으로 변하고 목 주변의 척
추 뼈에만 검은 색이 남았는데, 주위 환경 탓이라고?
식도가 아파서 음식을 먹지 못하고 죽었다고 해도 조사는커
녕 아예 언급도 하지 않더니, 목 주위의 뼈만 새까만데도 그 원

인을 조사할 생각을 털끝만큼도 안 하다니.....

세포 조직 검사의 배제

세포조직 검사도 아예 하지 않았다. 부검의사는 세포조직이 부패하여 연화된 상태에 있어서 조직검사를 할 수가 없다고 적었다. 그러나 복강에서 상당량의 세포가 채취되었고, 개장하여 부검할 당시 물에 잠겨있던 세포가 연화된 상태였으나 현재 포르말린에 담긴 채 고체화된 상태에 있다.

여러 군데 수소문한 결과 연화된 세포라 해도, 또 소량의 세포라도 갖은 방법으로 배양도 하고 해서 조직검사를 할 수가 있다는 말을 듣게 되었다.

장기조직의 부패로 인한 사인 불명 소견?

이렇게 부검이 미진한 가운데 사망원인은 장기조직의 부패 손상으로 인해 불분명한 것으로 나왔다.

아니, 사망원인을 장기조직 가지고만 하는 것인가? 고스란히 남아있는 뼈의 성분을 분석하고 세포검사를 알뜰하게 할 수도 있고, 또 현재 소량으로 보관하고 있는 긴세포 조직으로 빙초산 반응 검사를 할 수도 있다.

전문 의사가 아니라 보통 사람이 보아도 의심이 가는 이상 현상을 두고도 아무렇지도 않은 사실인 것처럼 개무시하고 있는 것이다.

5년간 타살 의혹을 제기해온 빙초산 반응 검사를 빼놓고는 '독극물로 인한 사망'이 아니라고 결론을 내리다니 .....

관례상 꼭 안해도 되는 것이라 빙초산 검사를 안 했다고 치자. 그러면 전후 사정을 알고 난 다음에는,

"아, 그런 사정이 있었어요? 어떻게든 사인을 밝히도록 한번 노력해봅시다."

라고 말하는 하는 것이 도리일텐데.....
사정을 알고 난 다음에도 막 우기는 것이었다.

"빙초산 검사는 꼭 해야 하는 것이 아닙니다."

의사들도 완벽한 신이 아니다.

의사들도 실수를 한다. 의사들이 제 위신에 금이 갈까봐 사실을 애써 외면하려 하거나, 또 세상 사람들이 의사가 완벽해주기를 바라는 것은 오산이다. 서로 양해하고 합심하여 실수를 줄여 나가는 것 외에 뾰족한 수가 없는 것 같다.

내가 어머니가 진료 받은 병원의 자료를 들고 다른 병원으로 가서 '2차 의견'을 내줄 수 있느냐고 물었더니, 그곳 행정 여직원이 손사래를 쳤다.

"진료한 병원에서 공식적으로 의뢰하지 않으면 그런 것은 하지 않아요."

한국에서는 병원 조직만이 사실에 대한 열쇠를 가지고 문을 잠그고 있는 셈이다. 이런 형편이라면 의료사고 의혹에서 개인이 진실을 밝힐 수 있는 길은 아예 봉쇄되어 있다.

그런데 미국에서는 〈진실 말하기 프로그램〉이 번지고 있다고 한다. 켄터키 대학에서 시작되어 미시간대학에서 성공을 거두고 여러 대학병원으로 확산되고 있단다.

그리스에서도 개인이 어느 병원이든 가서 검사의 인증이 있는 '신청서'를 제출하면 사실을 재검토하거나 진실을 밝혀주도록 요구할 권리를 가지고 있는 것으로 나는 알고 있다.

또 독일의 한 대학병원을 찾아갔다. 그랬더니 거기는 누구든지 자료를 가지고 오면 그에 대한 의견을 자문하도록 되어 있었다. 국적을 불문하고 누구에게나 문이 열려있었고, 특별히 수수료를 챙기는 것도 없었다. 형식적인 서류를 요구하는 법도 없었고, 그냥 들고 오는 자료에 대해서 정중하게 의견을 말해주고 질문에 대답을 해주는 것이었다.

내가 자문을 구한 독일의 모 대학 기관에서는 한 명이 아니라 두 명의 의사가 같이 앉아 상담에 응했다. 상담 내용의 진솔함의 정도는 의사의 개인 성향이나 자질에 따라서 달라질 수 있겠으나, 아무튼 형식은 그러했다.

이런 제도는 거의 모든 것이 돈으로 움직이는 자본주의가 아니고 공익 정신에 기초한 것이 확실하다. 의료와 교육을 겸한 한 기관이 돈의 논리와 국적의 경계를 넘고, 관료주의의 성가신 형식을 초월하여 세계적 차원의 인류애를 실천하고 있는 것이다.

어떻게 사회제도라는 것이 지역에 따라서 이렇게 천양지차로 다를 수가 있는지 ……

그 뿐 아니다. 서민들의 의식조차도 .....

유럽 모 대학병원에 가서 의료 자문을 받아왔더니, 한국의 한 민초(民草)가 하는 말.

"아니, 법원에 출두할 수 있는 사람이 아니면 그거 자문 받아 와봐야 소용이 없어요. 유럽 외국인이 우리 법원에 와서 증언할 것도 아닌데, 그 서류 법원에 아예 내지 마세요."

아니, 뭐라고? 민초가 스스로 지레 겁을 먹고 자신을 옭아매고 있다. 우리나라와 관세협정(FTA)도 맺어서 온갖 분야에서 국경을 초월하여 교류하자고 하는 판에 한국이 아닌 유럽의 대학병원에 가서 자문을 받아오는 것이 무효인가?

개인적으로 2차 의견(재검진)을 다른 병원에 부탁하면 원천적으로 거부당하는데다가, 1차 진료를 한 병원에서 허락을 받고 간다해도 이미 나 있는 진단을 쉬 반박하려 하지 않는 판국에, 외국 대학병원에 가서 자문을 받아오면 그것은 한국의 것이 아니라서 또 무효가 된다고?

7
어머니의 사진

● 외가가족

처녀시절 친정가족과 함께(윗줄 왼쪽에서부터 시계방향으로) 어머니, 외삼촌
(어머니 오빠 : 6.25사변 때 행방불명), 외삼촌의 아내, 외조부(고태호), 외고조
할머니, 이종언니, 외조모, 이종오빠(아기때 모습)

외조부(왼편)와 그의 친구

● 소녀시절 친구들과 함께

소학교시절(윗줄 오른쪽)

소학교 시절(아랫줄 왼쪽에서 둘째)

소학교시절(아랫줄 왼쪽 끝)

소학교시절(윗줄 오른쪽에서 둘째)—[1941.1.1(15세)]

소녀시절(뒷줄 중간)

처녀시절(중간)

처녀시절

세 자매(윗줄 왼쪽에서 시계방향으로 작은
이모, 어머니, 큰이모)

● 어머니와 우리 가족

어머니, 오빠, 나(시계방향)

나, 어머니, 남동생

큰 딸(나) 대학교 졸업식에서

둘째 아들 대학교 졸업식에서

둘째 딸 대학교 졸업식에서

● 어머니와 지인

어머니(오른쪽)와 지인

집 마당 꽃밭에서

야외에서

소양강댐 나들이

소양강댐에서

산등성바위 위에서

청심회 (63회) 무등산 등반 기념
94. 5. 24

등산반 친구들과 무등산에 올라서[1994.5.24] (아랫줄 왼쪽에서 세 번째)

방안에서

바닷가에서

여성회관–우리춤반 친구들(아랫줄 왼쪽 끝이 어머니)

대구 죽전동 알리앙스에서 독무(獨舞) 매춤을 추는 어머니
(2008년 11월-급성뇌경색으로 일주일 만에 퇴원 한지 두 달 후 여성회관
'우리춤반' 주최 연말행사에서 독무를 추는 모습 : 사망하기 9개월전)

사망 두세달 전 팔공산에 등산한
어머니의 모습(2009년 초하무렵)

8

외조부 고태호의 행적

- 『삼일민족운동(三一民族運動)의 횃불』155쪽. 신헌(莘憲)편. 〈서지사항 불명〉 [상해임시정부 군자금 마련]

그후 全南·慶南 各地에서 同志를 맞아 合併 示威隊 기증 高台鎭 동지와 함께 平賣金募

모 송금하는 등 많은 활동을 계속하다 드디어 李滋와 같이 逮捕되어 서기 1921년 3월 28일 光州

에서 소위 悧令逃反과 恐喝罪名들에 의해 징역 1년 6개월의 신형을 언도 받고 복역한 후 출감하였으나

고문의 여독으로 臥病中 서기 1925년 9월 25일 향년 35세의 짐은 나이로 조국 광복을 보지 못하

당.

軍威署活動

靑年 續續 檢擧

事件內容은絶對秘密

모히窟所에서 中毒者가死亡

【軍威】 지난 六、 七일 군위경찰서(軍威警察署)에 서는 관내를 총동원하야 ...

軍威署突然大活動

青年十一名을檢擧

極秘密裏嚴重取調中

모종의 비밀결사 가 발각 되듯

【수원】 지난六, 七일경무리경 一五六명으로 검거하고 가택수색을 엄대 원인과순해 六일 아직도
는 군위경찰서(軍威警察署)에서 시난 二三일경에 모두 본 판하다 와사인 자연 묘연인것 갑
불온사상과품은청년十一명을 시물 압송하야 인치하고 【ユ대호(高台鎬)·保險】 一등 경우는 거긔되얏
연이 그대호(高台鎬)·保險] 시물 압송하야 인치하고 있다는 당
四, 五명의 청년을 검거취조하 마쳐주여 거긔하며 거긔가
며 한편으로 경찰당국에서는 더 확대될지 모른다 그들이
다방면으로 가택을바뎟가는 지거되얏거나 돈二十一이라
시사내원이독서회란명목우 으마 경칠은밤을들고 전가—거지아
본밀이(友保에뒤에수合을하야재 롱대대田에 으이나 모종의비밀
수원에 二월분이여 전긔 ユ태 결사가 드러난듯하며 성덷
승승이로 명긔의의활동하야사 사가방로드러나며 마구나랑

軍威署檢擧事件

不遠에 內容判明

某種秘密結社關係?

경북도 경찰부에서 출장취조

● 경북 군위경찰서 기록⑴ 1933(소화8년).9.19

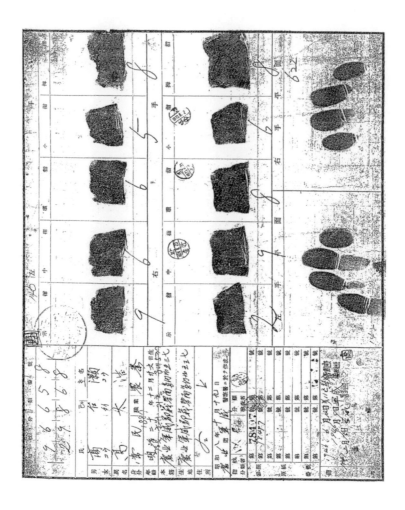

『그런데 형님,

이름만 인민위원회지

미군정이 임명한 인사가

그대로 있지 않습니까?

가공의 조직가지고

우야겠다는 겁니까?』

(金羅오, 영천(永川)→장시명(張時明), 군위(軍威)→고태호(高太浩), 의성(義城)→우상두(禹相斗), 선산(善山)→이재기(李在基), 경주(慶州)→박병진(朴炳珍), 예천(醴泉)→이인철(李仁澈), 영일(迎日)→정태선(鄭泰先), 청송(靑松)→성태경(成泰慶), 김천(金川)→임종인(林鍾寅), 영덕(盈德)→이기석(李基錫), 상주(尙州)→조성순(趙晟淳), 안동(安東)→이대용(李大用), 문경(聞

도)→박승원(朴勝源), 영양(英陽)→이영호(李榮鎬), 고령(高靈)→신원휴(申元休), 청도(淸道)→이승재(李承宰)』

『영광한 얼굴들이네.』

박정희가 감탄하듯 말하자, 박상희도 대견한 듯한 표정을 지으며 대답했다.

『개반 다가 왜정때부터 독립운동에 투신한 애국지사들이다. 또 신문사 보도협조장 등으로 나랑 동업하며 종사하던 지면인사들이 대부분이다. 너도 아는 이름이 많네?』

『영태상기가 큰 감투를 쓰네?』

『시(세)번째이나 감옥에 갔다 나오고, 조선 감도를 돌아다니며 독립운동을 한 것 지고는

그것도 작은 직책이다. 앞으로 중앙무대로 가야할 사람이다.』

『여기 문교부장인 이승수재는 지 3번 선배니다. 순은 인재를 잘 발굴했네.』

『그 양반이 또 영어를 기막히게 잘 한다 카이. 미군정과의 교섭에는 그 양반이 앞장서야 일이 된다 카이.

그런데 형님, 이름만 인민위원회지 이 임명한 군수나 내무과장은 바정의 그대로 있지 않습니까? 가공(假空)의 조직가지고 우야겠다는 겁니까?』

박정희는 현실성없는 조직을 가지고 있어 너무 실체를 있는 것같아 불어 보았다.

9

어머니의 글 (1946~2003)

청산은 나를 보고 말없이 살라하고

창공은 나를 보고 티없이 살라하네.

사랑도 벗어놓고 미움도 벗어놓고,

물처럼 바람처럼 살다 가라하네.

1946년 3월 18일

어제부터 흐렸던 날씨는 오늘 아침부터 비가 내려 저녁을 먹고나서 겨우 비가 그쳤다. 언제나 우울한 나는 한층 더 우울하여졌다. 더디면서도 한편 빠른 세월은 결혼한 지 벌써 일 년이란 세월이 흘렀다. 겨우내 땅속에서 굶주리던 새싹들이 뾰족이 그 예쁜 얼굴을 내밀고 세상 만물이 즐기는 봄이건만 내 가슴 속은 언제나 꽁꽁 얼어붙은 채 녹을 줄을 모른다. 지나간 일 년 동안 절망 속에서 헤어나지 못한 채 그 얼마나 몸부림쳤던가. 고독을 되씹으며 일생을 마치는 것이 나의 숙명적으로 타고난 운명인가. 그 누가 그 무엇이 이 몸을 얽어놓았단 말인가. 아 원망스럽다. 썩은 도덕이, 도덕이라는 굴레 속에서 피어보지 못한 채 시들어져야만 하는 꽃 한 송이. 애정이 없는 결혼생활이란 이다지도 괴로운 것을 아버지는 왜 모르셨을까. 아버지가 원망스럽기만 하다. 이 모든 괴로움 속에서 벗어날 길은 단 죽음의 길. 오, 신이여. 나에게 죽을 수 있는 용기를 주소서. 창밖은 봄을 실어다 나르는 바람소리가 귀결에 들려온다. 세상을 등지고 싶은 마음 금치 못하며.

외로운 강 씀.

어제부터 흐렸든 날시는
오늘 아침 부터 비가 내려
저녁을 먹고나서 겨우
비가 그쳤다. 언제나 우울한
나는 한층 우울해 젔다.
더 멀서도 한편 비바라
새워은 결코하지 밀서
일년이란 새워이 흘렀다
겨우내 땅속에서 꿈꾸리든
새싹돌이 뾰쪽이 그 예쁜
얼줄을 내밀고 새상 밖온
이 긴기는 봄이건만 내가슴
속은 언제나 겨소 어러
구든 처 녹을줄은 모른다
지나간 일년동안 절망
속에서 헤어나지 못한 채
그 얼마나 물부림을 했든가
고툭은 뢰삽으매 인생을

비치는 겄이 나의 숙명적인
타그나 운명인가. 그누가
그무엇이 이뢰을 없어
노았단 말인가 아ㅡ원망
스럽다. 석어진 도덕 이
도덕 이라는 굴태 속에서
피어 보지 못한 채 시드러
저야만 하는 꼿 한송이
애정이 없는 결혼 생활
이란 이다지도 괴로운 겄을
아버지는 왜 모르 샜을가,
아버지가. 원망 스럽기만
하다. 이.모든 괴로움 속에서
버서날 길은 단 죽음의
길 오ㅡ신이여 나에게
끈을수 있는 용기를 주옵소서
참방은 봄을 싫어다.
날르는 배달 오리가

끊 길에 들러온다. 새상을
등지고 싶은 마.음 글지
못하며

1946. 3. 18일
외로은 감 씀

1946년 늦봄

고독과 눈물을 벗을 삼아
거치른 세파에 외로이
저어가는 조각배 하나.
눈물 없는 나라로 가고 싶어요.
영원한 꿈나라로 가고 싶어요.

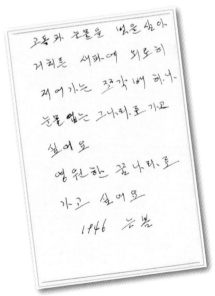

1947년

울타리 밑 작은 풀포기와도 같이,

태양의 빛도 감로수도

맛볼 수 없는

고달픈 이 몸을 오 그대여,

따뜻한 햇빛이 내리쪼이는

넓은 화원으로 옮겨주소서.

언제나 고달픈 눈초리로,

세상을 원망하는

이 몸이외다.

강 씀.

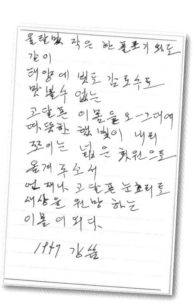

1964년 11월 11일

들국화

모든 슬픔도 기쁨도, 그리고 갖가지 추억도 함께 싣고 세월은 오늘도 흘러만 간다. 한잎 두잎 떨어진 낙엽이 불어오는 북서풍에 휘날리고 앙상한 나뭇가지만이 내 모습마냥 초라하게 떨고만 섰다. 이제는 가을도 다 갔구나. 가을밤 내리는 찬 이슬에 떨고 있던 들국화도 이제는 다 시들어졌겠지. 아무도 가꾸어주는 이 없이 그 많은 잡초 가운데 청초하고 아름답게 피어난 들국화. 나는 죽어서 들국화 아무도 아는 이 없는 깊은 산속 한 떨기 들국화가 되어 가을밤 내리는 찬 이슬을 머금고 아름답고 청초하게 피었다가 지고 졌다가 또 피어나리. 그리하면 거기에는 사랑도 미움도, 또한 괴로움도 없으리라. 한없이 그리워지는 꿈많던 소녀시절, 지나간 옛추억이 텅빈 이 가슴 한 구석이나마 메꿀 수 있을런지. 아니 추억이 없이는 하루도 못살것 같아. 가슴 속 깊이 아로새겨진 한 영상, 이제는 그 영상이 우상으로 언제나 나와 함께 살고 나와 함께 죽어갈 것이다. 뼈에 사모치게 고독이 스며들 때 어떠한 괴로움과 슬픔도 나는 그 우상의 힘으로 살아가는 지도 몰라. 아니 살아야 한다는 것이 인간의 본능일진대, 살기 위해서 허전한 마음을 달래기위해서 나는 그 우상을 붙들어놓는지도 모르지. 행복과는 너무나 거리가 먼 존재이기에 언제나 나를 자학하고 자학 속에서 쾌감을 느끼는지도 모른다.

마음의 불구자, 허무한 인생, 죽은 넋이 한 떨기 들국화가 되어 역사가 흐르는 끝까지 나는 그 우상을 그리며 홀로 우아한 모습으로 언제까지나 언제까지나 떨고 있으리.

고독한 강 씀.

1965년 2월 7일

　오늘은 2.7일 음력 정월 초엿새.

　입춘도 지난 봄의 계절이다. 겨울의 여운이 아직도 옷깃을 여미게는 하지만 오늘따라 하늘엔 구름 한 점 없이 따스한 햇빛이 내리쪼인다. 그러나 내 마음은 언제나 마냥 우울하기만 하다. 까닭도 없이 아이들을 몰아세우고 역정을 냈다. 이래서는 안 된다 생각하면서도 솟아오르는 짜증, 울분, 좁은 가슴이 터질 것만 같다. 나 혼자 만의 시간을 갖고 싶어졌다. 아무도 없는 호젓한 곳, 잠시나마 대자연 속에 파묻혀 모든 현실에서 벗어나 추억을 더듬어 보고 싶어졌다. 집안일을 대충 치워놓고 집을 나섰다. 눈이 녹아 길이 질퍽하다. 공원엘 가기로 했다. 나는 사람들이 없는 서편 산등성이 조용한 곳에 자리 잡고 앉았다. 눈앞에 비산동 마을이 펼쳐진다. 작은 집들이 아닥다닥 붙어있다. 모두가 다 구질구질해 보인다. 나는 시선을 멀리 땅 끝으로 돌렸다. 먼 산 응달진 곳에는 아직도 눈이 하얗게 쌓였다. 퍽 신비로워보였다. 내 마음은 끝없이 영(嶺)을 타고 멀리멀리 가고 싶어졌다. 갑자기 고독이 더 스며드는 것만 같다. 거치른 세파에 밀려 외롭게 살아온 지난날들이 그저 서글프기만 하다. 일을 하고 싶은 의욕도, 살고 싶은 의욕도, 모든 게 귀찮기만 하다. 어쩔 수 없이 질질 끌려 사는 내 인생은 덤으로 태어난 인생인가 봐. 멀리 위봉사가 있는 곳이 보인다. 아버지가 살아계실 때 가끔 놀러가시던 곳. 아버지 생각이 간절하다. 아버지가 계신 저 세상으로 가고 싶어졌다. 아버지 어머니 그리운 마음에 눈물이 두 볼을 적셨다. 내가 앉은 뒤로 어떤 사람이 지나갔다. 나는 현실로 돌아와 일어서서 눈이 녹아 질퍽한 비탈길을 시름없이 내려왔다.

언제나 외로운 강 씀.

1966년 7월 중순 어느 날

병오년도 반년이 지난 7월 중순 언제나 기계적인 생활이 권태롭기만 한 하루가 시작되는 것이다. 내 나이 사십, 내 얼굴에서 웃음이 가셔지고 나를 잊은 지 어언 이십여 년이란 세월이 흘렀구나. 인생대열의 낙오자, 빛을 잃은 채 닥쳐오는 운명의 노예가 되어 살아온 지난 세월이 한스럽기만 하다. 아스팔트 위에 가랑비가 내린다. 그 누구가 가꾸었는지 길옆에 내놓은 화분에 꽃은 마냥 싱그럽기만 하다. 멍들고 시들은 이 가슴에도 포근한 보슬비가 내려주었으면 ..... 꽃 한포기, 나무 한 그루 가꿀 수 없는 메마른지 이미 오랜 세월이 흘러 이제! 황무지. 이대로 내 인생은 끝이 나는 것을 원한다. 저주에 사무친 고달프기만 한 내 인생길은 오늘도 내일도 내 이 가냘픈 심장이 머물 때까지 계속되겠지.

보슬비 오는 어느 여름날.

생오... 반년이 지난 '75
중순 언제나 가계적인 생활
이 권태롭기만 한 하루가
시작되는 것이다 내나이
사십 내일모레에서 몸들이
사라지고 나름 이즈지 어떤
아름다운 위한 새움이
훈련 갓구나 인걸 대로
의박으나 오늘 다른
닥쳐오는 은행의 느낌이
되어 산다오 개나가 서우
이 한숨겨만 하다
다스한 길 위에 가난만
기 내빈다 느무가 가끔
없는지 가엾은 네놈은

희붐 위에도 모슬비는
바임시 내린다 내익는
단지리 화분에 꽃은
버성 싱그럽기만 하다
역든그 시르른 이가슴에도
지신처 못슬비가 내려
주었으면. 꽃한포기
나두 참으로 기를수 없는
더미들 이여윰 때마른
지 이미 오랜 세월이 흘러
이께 한부지 더디로
내인생은 끝이 나는것을
완한지 저으에 거요치
기실 기만한 내인생

같은 오늘도 내일도 내기
가냘픈 심장이 머물때
까지 계속 되겠지

모슬비오는 어느 여름날

1968년 3월 14일

　덧없이 흐르는 세월 속에 눈보라 휘날리던 겨울은 가고 따스한 햇빛이 온 누리에 스며드는 봄의 계절이다. 이마에는 주름살이 하나 더 늘어만 가고 마음은 그저 허전하기만 하다. 과거도 현재도 또한 미래도 슬픔과 고독 속에서 살아야만 하는 이 주체스러운 육체는 이슬처럼 사라지고 모든 사슬에서 벗어나, 넋만이 살아서 한 마리 아름다운 파랑새가 되어 푸른 창공을 훨훨 날아 님 계신 곳에서 님을 지켜보고 싶어. 그리고 붉은 심장이 고동치는 그대 가슴 속에 안겨 모든 서러움을 하소하고 싶어. 내 피맺힌 원한은 아랑곳없이 세월은 흘러 꽃은 피고 지겠지. 아 한 많은 이 인생길은 언제나 끝이 나려는지. 오늘도 고달픈 삶을 이어가면서.

강 씀.

덧없이 흐르는 세월속에
능보니 아니어는 계을은
가고 따스한 햇볓이 오
흩어에 스며드는 봄의 계절
이다 이마에는 주름살이
하나둘 늘어만 가고 마음
은 그저 허전 허고 느날이
과거 인생으로 한 미래
슬픔과 고독속에서 사려
만 하는 이주해스쳐울 위제
는 이슬처럼 사라지고 모든
슬픔에서 벗어나 욕심이
없어서 현이의 아름도른
세상에서 미어 푸른 청고
을 철소 날아 보게신 곳에요

늘은 적게 보그 싶어 그리고
죽은 심장이 고동치는
그내 가슴에 이 세 모든
서러움을 하소하고 싶어
내 피맺인 원한은 아랑곳
없이 세월은 흘러 꽃은
피고 또 지겟지 아ㅡ
한많은 이 인생길을 언제
나 끝이 날려는지 오늘도
아실 삶을 이어
가면서

1165.3.14일
강숙

1970년 7월 13일

　아버지! 아버지 돌아가신 지도 벌써 15년이란 세월이 흘러갔습니다. 그렇지만 이 여식은 아버지를 언제나 그리워합니다. 아버지! 이 세상 그 누구에게도 이 답답한 심정을 말할 수가 없습니다. 모든 것이 이렇게도 허무한데 하루하루 생명을 이어나가는 것이 고통의 연속이요 주체스럽기만 한데, 차라리 깊은 산속 한 마리 이름 모를 산새가 되어 이 나무에서 저 나무로, 이 가지에서 저 가지로 날아다니면서 아름다운 노래를 부르면서 살았던들 이렇게 허무하지는 않았을 것을. 모든 것이 내게서 멀어져 떠난다 해도 언제나 바라볼 수 있는 산이 있고, 그리고 물이 있고 내가 부를 수 있는 노래가 있는데, 왜 내 가슴은 이렇게도 허전한 것일까. 아 조용히 흘러가고만 싶어. 마음의 반려자가 없어도 내 마음이 허허벌판이라도 고독을 되씹으며 사노라면 죽는 것을. 모든 것을 이룰 수 있는 죽음이 있는데, 닥쳐오라 슬픔이여, 외로움이여, 내 목숨 다할 때까지.

강 씀.

아버지! 아버지 도라가신지도 벌서 17년이란
새월이 홀터 갔읍니다 그럼 처럼 이 여식은
아버지를 언재나 그리워 합니다 아버지!
이세상 그 누구에게도 이 답옷 한 심정을 말
할수가 없읍니다 모-든것이 이렇게도
허무한대 하루 ∧ 생명을 이어나가는것이
고롱의 연속이요 주채스럽기만 한대 저-타리
같은 산속 한마리 이름모를 산새가 되어
이나무에서 저나무로 이가지에서 저가지로
날아다니면서 아름다운 노래를 부르면서
사랐던들 이렇게 허무하지는 않았을 것을
모-든 것이 내게서 머러저 떠난다 해도 언재나
바라 볼수 있는 산이 있고 나무가 있고 그러고
물이 있고 내가 부를수 있는 노래가 있는대
외! 내가슴은 이렇게도 허전한 것일가.
밀려오는 외로움이 나를 삼기 되는대 나는
어대로 흘러가는 것일가 아- 조용히 흘러
가고만 싶어 마음의 빤려자가 없어도 내
마음이 허욧 벌판이라도 고독을 되십으며
사노라면 죽는것을 모-든 것을 이즐수 있는
죽엄이 있는대 닥처오라 슬픔이여 외로움이여
내목숨 다 할때까지 1970. 7. 13 강숙

1971년 2월 21일

이제 우수도 지났으니 해동을 하려나보다. 납덩이같이 무거운 하늘에 비가 주룩주룩 내린다. 우산을 받친 채 나는 한발 두발 무거운 발길을 떼어놓는다. 마음이 무거워서였다. 오늘 날이 좋았으면 큰 딸 영이가 앞산에 등산을 가자고 했다. 그러자고 했었는데, 비가 와서 못 갔다. 왜 그런지 마음이 언짢았다. 이왕 마음 내킨 김에 우산을 받쳐서라도 외출을 하기로 했다. 해가 바뀌어도 늘 벼르기만 하고 한 번도 못 가본 호이네 집과 준영이네 집에 가보기로 했다. 호이네 집에 먼저 가기로 했다. 그 집에서도 어려운 살림에 지쳐 밝은 빛이라고는 찾아볼 수가 없는 것 같았다. 나는 어두운 마음으로 그 집에서 이내 나왔다. 대봉동에서 신천동 준영이네 집까지 걷기로 했다. 보선발이 젖어서 궂은 물이 발까지 스며든다. 아침에 집에서 나올 때 부엌방 학생이 이사를 해야겠다고 했다. 작년 봄 돈이 아쉬워 부엌방을 전세를 놓았던 것이다. 작은 학생이 상고 야간에 합격을 해서 학교 근처로 이사를 해야겠다고 한다. 나는 전세돈을 내줘야 하니 돈도 걱정이지만, 한 가지 더 마음을 우울하게 하는 것이 있었다. 방을 한 칸 더 차지하면 아이 아빠와 같이 한 방을 써야되기 때문이다. 여태까지는 방 두 칸을 썼는데, 아들 둘과 아빠가 한 방을 쓰고 다른 한 칸은 나와 두 딸이 쓰고 있었다. 나에게는 아빠와 딴 방을 쓰는 것이 여간 다행한 일이 아니었는데, 부엌 방에서 나간다니 우울하기만 하다. 아빠와 같이 있으면 금방이라도 질식할 것만 같은 심정이다. 비오는 거리를 시름없이 걸어

방천 둑까지 나왔다. 어디를 보나 자욱한 구름이 낮게 깔려 내 마음을 짓누르는 것만 같다.

방천 밑에 즐비하게 깔린 집들이 한 집 한 집 전부가 감옥 같은 느낌이다. 나는 요즈음 자꾸 마음이 허탈해진다. 어려운 중에서도 그런대로 내 나름대로 정성들여 길렀던 자식들이 하나둘 내 품안에서 벗어나기 때문이다. 이것이 자연의 섭리인데도 마음이 이렇게 허탈해짐은 이것 또한 어쩔 수 없는 일인가보다.

해동비라고는 하지만 쌀쌀한 날씨에 비오는 삭막한 거리. 별다른 목적 없이 보선발을 적시며 걸어가는 내 모습이 어쩌면 내가 걸어온 일생과도 같은 것 같다. 아직까지 준영이네 집은 한참 더 올라가야 한다.

꼭 가야할 볼 일도 반겨줄 사람도 없는 집을 나는 무엇 때문에 이 길을 걷고 있는 것일까. 서글픈 마음이다. 준영이네 집에 가니 그래도 반겨주었다. 옛날 한 집에 살던 정일 것이다. 거기서 이런저런 이야기를 하다가 저녁을 먹

방천 벌에 큰비 하게 깔린 집들이 한집 한집
전부가 감옥 같은 느낌이다. 나는 요즈음 가끔
마음이 허탈해진다. 어려운 중에서도 그런대로
내나름대로 정성드려 길었는 자식들이 하나둘
내품안을 벗어나기 때문이다. 이것이 자연의
섭리인데도 마음이 이렇게 허탈해짐은 이것
또한 어쩔수 없는 일인가 부다. 해동비라고는
하지만 쌀쌀한 날씨에 비오는 삼막 한 거리를
별다른 목적없이 보선 발을 적시며 거러가는
내모습이 어쩌면 내가 걸어온 일생과도
같은겄 같다. 아직까지 준영이네 집은 한참
더 올라가야 한다.
꼭 가야 할 볼일도 반겨준 사람도 없는 집을
나는 무었때문에 이길을 걷고 있는 것일기.
서글픈 마음이다. 준영이네 재에 가니
그래도 반겨주었다. 옛날 한집에서 살던
정일겄이다. 거기서 이던 이야기 저던 이야기
를 하다가, 저녁을 먹고 나니 비가 끝었다.
나는 잘 먹었다는 인사 발은놓기으
무거운 마음으로 집으로 오는 버스에
몸을 실었다.
1971. 2. 21

고나니 비가 그쳤다. 나는 잘 먹었다는 인사말을 남기고 무거운
마음으로 집으로 오는 버스에 몸을 실었다.

1971년 11월 어느날.

　나는 누구에겐가 이 안타까운 심정을 하소하고 싶다. 그러나 대상이 없다. 메아리도 없는 허공에 내 넉두리를 되씹어본다. 불어오는 회오리 바람은 먼지를 가득 싣고 내 가슴을 뿌옇게 만든다. 어쩌다가 바람이 잘라치면 나는 가까스로 조그마한 꿈이나마 내 마음에도 아름답고 평화스러운 한 송이 튜립 꽃을 피워 보고 싶지만, 내 마음에 꽃은 언제나 쓸쓸한 들녘에 핀 들국화뿐이다. 멀고먼 고갯길을 무거운 짐을 지고 땀을 뻘뻘 흘리면서 혼자 가는데, 목이 말라도 목을 축일 웅달샘마저 하나 없어, 짐만 더 무거워지는 것만 같다. 나는 아마 영원히 이 짐을 벗지 못한 채 피와 살이 말라져 갈 것이다. 아 저주받은 몸이여. 언제까지 나는 이 저주를 받아야 하나. 아, 피로하다. 이 세상 모든 것과 인연을 끊고 영원히 잠들고 싶다.

강 쓰.

나는 누구에겐가, 이 안타까운 이 심정을 하소하고
싶다 그러나 대상이 없다 맺아리도 없는 허공에
내 넋두리를 뒤섞어 본다. 부리오는 회오리 바람은
먼지를 가득 싣고 내 가슴을 언재나 뿌여께
가끄스도 코그마한 꿈이 나머 내 마음에도
다름답고 평화스러운 한송이 튜립 꽃을 피워보고
싶지만 내 마음에 꽃은 언재나, 쓸쓸한 가을
들녁에 핀 들국화 뿐이다. 멀고 먼 고갯길을
무거운 짐을 지고 땀을 뻘뻘 흘리면서 혼자 가는데
더 무거워지는 것만 같다. 나는 아마, 영원히
이 짐을 벗지 못한채 피와 살이 말라저 갈 것이다.
아 — 저주 받은 몸이여 언재까지 나는 이 저주를
받어야만 하나, 아 피도하다, 이 세상 모든
것과, 인연을 끊고 영원히 잠들고 싶다.

　　　　　71. 11月 어느날 강슬

1972년 1월 25일

　파란 하늘 저 멀리 구름 한 점 무심히 넘어가는 저 너머에는 내가 자라던 아름다운 고향땅이 있다. 지금은 아무도 반겨줄 사람 없는 쓸쓸한 고향이지만, 그 옛날 아름답던 고향은 갈기갈기 찢어진 내 가슴, 새까맣게 타버린 텅 빈 내 마음에 한 폭 그림으로 그려보련다.

　봄이면 아지랑이 아물거리는 들녘으로 아버지와 손을 잡고 달랭이 캐러 가던 일, 노란 민들레 곱게 피던 밭둑길을 동무와 같이 캐러 다니던 일. 그리고 늦은 봄이면 그네를 매고 꽃달음 하던 일이며, 내가 다니던 산과 들 그리고 골짝마다 아니 그리운 데가 없다. 여름이면 맑은 냇물에 목욕하고 달 밝은 밤이면 밤 깊은 줄 모르고 이야기하던 일. 팔월 대보름이면 달을 보고 부럼 깨고, 그리고 옛날서부터 내려오던 민속놀이로 기와 밟기, 외 따기 등 여러 가지 놀이로 즐겁게 놀던 일이 여러 동무들의 얼굴과 같이 그리움으로 눈물이 아롱진다.

　가을이면 오곡백과 무르익고 밭에는 수숫대가 나부끼던 가을 들녘의 풍경을 텅빈 이 가슴 속 가득히 그려보고 싶다. 술래잡기와 소꿉장난 하던 그 시절이 아름다운 추억으로 허기진 내 마음을 달래보고 싶다. 세월은 가고 다시 봄이 오건만 나에게는 오직 공허 뿐이다.

옛날을 그리며, 강 씀.

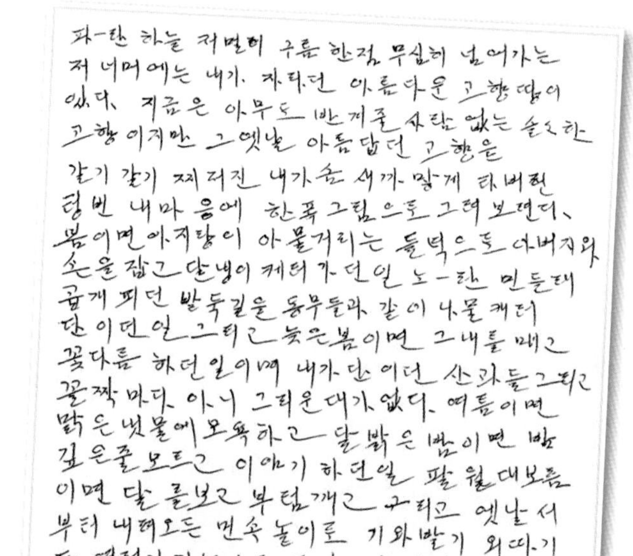

1976년 어느 날.

　나의 초점 잃은 동공이 허공을 향한 채 허허 하고 소리를 질러본다. 허허 하고 또 소리내어 본다. 메아리져 오는 것은 아무 것도 없다. 구멍이 뻥 뚫린 가슴에 오직 남은 것은 슬픔뿐이다. 새들이 알을 까서 그 새가 크면 둥우리를 떠나듯이 나도 텅빈 둥우리마냥 허전하기만 하다. 천 갈래 만 갈래 찢어지는 이 가슴에 아픔, 나약한 내 마음에 언제나 삭막한 바람이 불어 내 마음을 할퀴고 지나가니 상처투성이가 되어 아프기만 하다. 허허 벌판 같은 이 가슴을 어루만져줄 정이 그립다. 차라리 세상을 등지고 싶은 슬픈 마음 가눌 길 없다.

1976년 어느 가을날.

오늘도 내 심장은 멎지 않고 뛰고 있다. 아무 삶의 가치도 보람도 없이 거추장스러운 육체를 오늘도 움직이고 있다. 피곤하다. 고독, 슬픔.

티 없이 맑고 아름답게 살고만 싶었는데, 험한 가시밭길이 너무도 많다. 아귀다툼, 내 마음에 멍이 들어 응어리진다. 정이 아쉬워 매달리고 싶은 심정을..... 차라리 맑고 저 푸른 가을 하늘에다 내 마음의 안식처를 얻어나 볼까.

1993년 12월 18일

　저번 10일 날은 둘째 딸한테서 전화를 받는 꿈을 꾸었다. 간밤엔 둘째 딸이 비행기를 타고 집으로 오는 꿈을 꾸었다. 비행기 값이 1,000,000원이라고 했다. 곱게 꾸며서 왔다. 항상 머릿속에서 둘째 딸이 떠나지를 않는다. 부디 몸 건강하고 모든 것이 다 이루어지기를 두 손 모아 이 순간도 기원한다.

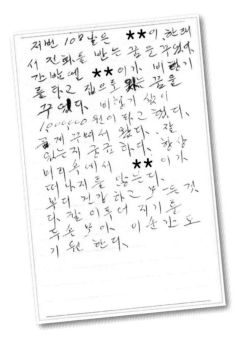

1994년 5월 2일

　나는 간밤에 꿈을 꾸었다. 너무도 이상한 꿈이었다. 내가 어
떤 수레를 타고 화장장으로 가는데, 누가 끄는 수렌지 아무도
보이지 않고 다만 내가 화장되기 위해서 수레는 가고 있었다.
가면서 나는 생각에 숨이 끊어진 다음에 화장을 해야지, 살아
있는데 화장을 하며는 숨이 끊어지기 전에 얼마나 뜨거울까 생
각하면서 부모님 얼굴이나 한 번 봤으면 싶었는데, 부모님 얼굴
은 보이지 않고 덮어쓴 것을 벗겨보니 하늘에 햇님인데 벌건 일
그러진 얼굴을 하고 있었다. 수레는 화장장까지 가고 화장장 집
굴뚝에서 연기가 오르는데, 내가 들어갈 찰나에 잠이 깨었다.

1994년 12월 13일

　11일 밤 꿈에 둘째 딸을 보았다. 오늘 아침에 첫째 딸과 마음이 언짢았다. 버스를 타고 가면서 나는 또 눈물이 흘렀다. 내 마음 너무 허전해서 멀리 떠난 둘째 딸이 다시 그리워진다. 홀로 서야하는데, 마음이 너무 참담하다. 언제까지나 이런 생활이 계속되려는지, 무엇 때문에 살며 왜 살아야하는지, 내 마음에 상처는 아리기만 하는데, 오늘도 멍청히 하루해가 지나간다.

2003년 10월 27일

    나는 3, 4개월 전쯤으로 생각되는 무심코 지나버린 꿈이 생각
난다. 어떤 언덕배긴데 누런 소 한 마리가 새끼를 낳는 꿈을 꾸
었다. 꿈을 꾸고 난 뒤 꿈이 참 이상하다고 생각되었다. 좋은 꿈
인 것만 같다. 둘째 딸이 교수에 임용되었다. 나는 아무 뜻 없이
그 꿈과 연결해본다.